La Scala

Rezvani

L'ottavo flagello

Traduzione di
Giuseppe Conte

Rizzoli

ISBN 88-17-67715-9

Titolo originale dell'opera:
LE 8e FLÉAU

Prima edizione: maggio 1991

L'ottavo flagello

1ª piaga: Le acque del Nilo mutate in sangue
2ª piaga: Pioggia di rane sulla terra d'Egitto
3ª piaga: La polvere mutata in insetti
4ª piaga: Invasione di moscerini
5ª piaga: Peste bovina
6ª piaga: Una polvere nera si abbatte sull'Egitto
7ª piaga: Pioggia, grandine e fuoco sull'Egitto
8ª piaga: Nuvole di locuste sull'Egitto
9ª piaga: Tenebre sull'Egitto
10ª piaga: Morte dei primogeniti in Egitto

Fu molto grave: prima non c'erano mai
state locuste come quelle...

LA BIBBIA (*Esodo, X-9-7*)

Si dice locusta per indicare la specie. *Locuste ambrate*: così le avevano chiamate quelli della missione entomologica venuti per studiarle dopo l'incidente che provocò la loro mutazione.

Dal momento in cui questi insetti erano sorti dalla terra, nessuno poteva sottrarsi all'obbligo di ucciderli. Estate dopo estate questi insetti, che erano usciti dal suolo così numerosi, con i loro ovopositori e le loro placche colore dell'ambra, avevano reso gli abitanti di questa parte remota del paese più accaniti nello sterminarli, più crudeli, più costretti a uccidere. La gente di qui li aveva chiamati Ambra come in tempi dimenticati era stata chiamata Assenzio la palla di fuoco ardente di cui Père parlava a Soeur, a Mère e a Riky quando, presentendo senza dubbio ciò che stava per compiersi, li minacciava ricorrendo al Cielo.

1

Dovresti andare a vedere, ce n'è ancora una su Maman, aveva detto Soeur. E Riky aveva fatto lo sforzo, malgrado l'estremo calore, di alzarsi e uscire dall'ombra per entrare nella casa dove giaceva Maman. Soeur non correva il rischio di ingannarsi, ce n'erano troppe perché potesse ingannarsi. Se ne trovavano persino nelle criniere dei muli, sulle loro froge alle volte, nelle mangiatoie, mescolate al fieno e all'orzo che gli insetti divoravano contemporaneamente alle bocche delle bestie. In gran numero si introducevano in casa e si arrampicavano lungo i piedi del letto sino alla morente che riposava nell'ombra calda della stanza in basso da dove poteva vedere il mare.

Dopo che Riky era comparso nella luce della porta, l'insetto aveva emesso un grido breve, simile a quello di una raganella, subito bloccato, e si era tenuto sulla difensiva. Si era appiccicato a una spalla di Maman, e di là dovc era, Riky vedeva tutte le placche colore dell'ambra che ricoprivano l'insetto contrarsi mentre emctteva un secondo segnale breve che significava che aveva avvistato Riky. *Non muoverti, Maman*, aveva detto Riky. Aveva afferrato l'insetto, e l'insetto aveva gridato questa volta come se sapesse di stare per morire. Riky l'aveva detestato per questa specie di protesta indignata, per questa implorazione espressiva e talmente inattesa proveniente da un insetto. Riky l'aveva afferrata per le placche laterali del torace e l'aveva portata che ballava come una aragostina nel cortile, al sole. Là, l'aveva schiacciata stando attento bene a strascicare il piede dal dietro in avanti perché tutta la porcheria dell'interno non schizzasse sulle sue gambe. Nell'istante in cui l'aveva fatta esplodere, la locusta ambrata aveva ancora una volta emesso il suo grido di implorazione, tagliato netto. *Lurida bestia*, aveva detto Ricky, dopo averla uccisa. Se ancora l'insetto si fosse difeso, se avesse cercato di mordere o di graffiare, ma si era lasciato uccidere così, come tutti si lasciavano uccidere.

Mentre ritornava da Soeur, che non si era mossa dall'ombra della scuderia, aveva visto altre due locuste, grandi come quella che si era arrampicata sulla loro madre. Se ne stavano sulla soglia e guardavano, immobilizzate. Tutte le placche del loro corpo color ambra si erano strette e le loro antenne avevano compiuto un quarto di giro per sondare meglio l'aria in direzione di Riky. Come la prima, il ragazzo aveva preso anche queste per le placche del torace e, come la prima che aveva trovato su Maman, le aveva schiacciate nella polvere facendo molta attenzione che le loro viscere e le loro uova non schizzassero sulle sue gambe. Le locuste ambrate avevano emesso lo stesso grido desolato al momento di morire, e Ricky aveva urlato: *Luride bestie!* pestando per fare entrare i loro corpi, o meglio ciò che ne restava, nella terra da dove erano sorte all'inizio dell'estate.

Poi il ragazzo era tornato a vedere la morente per verificare se nel frattempo altri insetti non si fossero arrampicati sul letto. Maman non si era mossa, sempre voltata verso il muro. Sulla sua spalla, là dove l'insetto si era posato, Riky aveva notato una specie di sputo giallo che la locusta aveva vomitato — è quello che fanno tutte quando si sentono in pericolo di morte. Il ragazzo ci mise le dita e l'assaggiò. Era dolciastro, ma scipito come un miele adulterato. Aveva detto: *Perché non ci hai chiamato, Maman?* Lei non aveva risposto e Riky era tornato all'ombra dietro la scuderia, vicino a Soeur.

Dopo l'incidente della Base, la terra inquinata propiziava lo schiudersi delle uova delle locuste ambrate. *Se non ne esistessero che rari esemplari si potrebbe riconoscere una certa bellezza a questi insetti, ma la loro quantità trasforma presto ogni curiosità in una idea fissa di uccidere.* Così avevano concluso quelli che erano venuti per valutarle e studiarle vedendo con che accanimento la gente di questa regione arida le uccideva. Gli entomologi avevano assunto Riky per portare il materiale e per guidarli verso i luoghi dove le uova si aprivano. *Prendete il piccolo Riky*, aveva detto il comandante della Base, *nessuno meglio di questo ragazzo conosce quelle luride bestie.* Avevano preso Riky a giornata da suo padre per farsi dire e mostrare quello che aveva visto. Nello stesso tempo, filmavano gli insetti mentre uscivano dalla terra, armati come cavalieri rivestiti di placche di rame con le loro spade e le loro antenne. *Come le chiamate qui?* aveva chiesto il direttore della missione. — *Ambra*, aveva risposto il ragazzo, *è così che noi le abbiamo chiamate quando hanno cominciato a uscire dalla terra l'anno dopo l'incidente.* Aveva regalato delle sigarette a Riky. Si trovavano sull'altopiano secco posto a levante rispetto al villaggio. Era un mattino caldo, non si muoveva niente, e di là dove si trovavano si poteva vedere la spiaggia, lontana in basso, e la barca che Père aveva appena messo in acqua. Un po' a sinistra, c'era la Base, di cui si indovinavano le macchine segrete ricoperte di grandi reti colore della terra.

Intorno a quelli che erano venuti per osservare questa nuova specie di insetti, il suolo si muoveva e si sollevava a placche. *Sono locuste, o quanto meno una mutazione aberrante*, aveva detto il direttore della missione, *locuste ambrate, le chiameremo così anche noi, che cosa ne dite?* Ne aveva appena preso una per l'ovopositore e cominciava a misurarla. La donna che faceva parte del gruppo aveva dato a Riky degli strumenti da tenere mentre lei prendeva i barattoli pieni di formolo. Gli altri due, quello dai capelli grigi e il più giovane, si davano da fare in mezzo alle rocce per registrare i gridi di questi insetti sconosciuti. Era il secondo anno dopo l'incidente della Base — i militari avevano rifiutato di rilasciare delle autorizzazioni prima. Père dunque non era ancora andato a prendere quella che i ragazzi avrebbero chiamato Mère nel villaggio sulle montagne dove doveva sceglierla tra le cugine di Maman.

Là dove Ricky li aveva portati, era sicuramente il luogo migliore per osservare le uova schiudersi. A Riky piaceva arrivare là con Soeur per il gusto di schiacciare davanti a lei gli insetti a mano a mano che uscivano dalla terra. Soeur lo guardava che arricciava il naso con aria disgustata. All'inizio, lei si era interessata a questi insetti pesanti, lenti, ostinati, che non avevano niente a che fare con gli altri insetti di quei terreni avari e polverosi. Poi la ragazza si era stancata dell'accanimento che lui metteva nello sterminarli. L'estate dopo l'incidente si erano messe a uscire dalla terra a migliaia e ad avanzare come dei tanks in grado di salire in verticale su una falesia e i muri più lisci. Potevano spostarsi sui vetri senza scivolare; le loro sei zampe da crostacei potevano aderire a qualunque cosa. Al punto che questi insetti, pesanti com'erano, riuscivano anche a mettersi al contrario, incollati al soffitto a osservare immobili quello che succedeva sotto di loro. Gli occhi occupavano la totalità della testa, dando loro l'aria di palombari dei tempi in cui i caschi erano di rame. Due lunghe antenne mobili, in grado di muoversi una indipendentemente dall'altra, giravano in costante allarme: mentre una si dirigeva in avanti, l'altra faceva una rotazione di un quarto di cerchio all'indietro, o di un quarto di cerchio nella medesima direzione. La testa era incassata nelle placche rigide del torace e non era mobile come nell'uomo, nel cane, nella mantide. Dei palpi molli di forma assai complicata circondavano la bocca che succhiava costantemente, divorava o era occupata a fare toeletta degli artigli o dei cuscinetti delle zampe. Sul torace, protetto da placche color rame, dure e molto levigate, stavano le sei zampe articolate che era facile strappare perché erano sottili e fragili. Sulla parte superiore del corpo si trovava una specie di torretta cava munita di due escrescenze chitinose. Queste elitre atrofizzate producevano sbattendo un suono che andava dal breve grido a quella supplica disperata che faceva andare in collera Ricky. Proprio attraverso una serie di gridi brevi e cadenzati le locuste ambrate si adescavano al momento dell'unione dei sessi. A questo blocco testa-torace si saldava il ventre molle, una specie di tasca d'un giallo ramato che nella femmina terminava in un ovopositore ricurvato a falce lungo come il corpo stesso. Durante il congiungimento, era la femmina che prendeva l'iniziativa e si arrampicava sul maschio che manteneva sotto di sé immobile e sottomesso. Avveniva di solito al tramonto, quando l'aria prende questa tinta arancione negli ultimi giorni di luglio e quando tutto è talmente secco che anche le rocce scricchiolano e si fendono.

Qualche giorno prima degli amori, le femmine facevano scaturire dal loro ventre una specie di membrana sottile e biancastra simile ai chewing-gum che i soldati della Base fanno gonfiare e schioccare tra le labbra. Questa escrescenza era stata a lungo esposta al sole, ed era un po' vischiosa e traslucida. Una volta gonfiata, poteva raggiungere un volume pari a quello del ventre della locusta, come se tutto quello che era fragile all'interno dell'insetto si fosse rovesciato ed esposto nudo in mezzo alla durezza implacabile del mondo. Al crepuscolo, questa tasca si sgonfiava a poco a poco e la femmina riprendeva in sé questa cosa biancastra e un po' collosa. Gli amori avevano luogo in ogni momento, e quando gli insetti erano uno sull'altro era facile schiacciarli *salvo che schizzano fuori il doppio di porcheria*, aveva detto Riky agli entomologi. Nell'ultima parte del mese di luglio cominciava la deposizione delle uova che assomigliava a una preghiera tesa verso ponente. Dovunque il terreno si fosse crepato per l'eccesso di calore, enormi femmine ambrate dal ventre gonfio di uova si piegavano in genuflessione, tutte rivolte verso oriente. Accoccolate nello sforzo dell'espulsione, i loro ovopositori piantati verticalmente al suolo, arcuate sulle loro sei zampe, introducevano nella terra le uova. Niente poteva disturbarle mentre erano occupate a deporre le uova. Non si muovevano e si lasciavano schiacciare senza lanciare un grido. I loro ovopositori erano formati di due coltellini piatti, placcati l'uno contro l'altro. Tra i due coltellini passava un canale attraverso il quale colavano le uova. Riky lo sapeva perfettamente, l'aveva osservato quando si nascondeva con Soeur per giocare. Ne aveva aperte molte in due, di queste femmine, *tirando così*, diceva agli entomologi, *i due coltellini. Questi servono da trapano, scivolano veloci uno contro l'altro e a poco a poco queste luride bestie introducono nel ventre della terra le loro uova simili a grani di riso molle.* Riky si domandava se l'interno di Maman o di Soeur assomigliasse all'interno di queste femmine che lui strappava così facilmente in due.

La malattia, che aveva ucciso la maggior parte di coloro che avevano curato gli uomini del villaggio reclutati forzosamente dai militari della Base in seguito al terribile incidente, uccise anche Maman. Aveva sofferto per circa due anni a partire dal momento che i medici militari l'avevano restituita a Père e avevano cessato le trasfusioni e gli esami. Sistemarono l'agonizzante nella camera al piano terreno. Ora voltata verso il muro, ora con gli occhi fissi sul mare che poteva distinguere dal suo letto, attendeva la fine senza parlare e senza mai lamentarsi. Père non le rivolgeva più la parola, mai più da quando aveva compreso che era stata colpita dalla malattia mortale che si era abbattuta su coloro che i militari della Base avevano requisito per recuperare i pezzi sparsi dall'incidente. Poi una notte Maman cominciò a gemere. Verso il mattino si mise a gridare. A mezzogiorno era morta. Eravamo nei peggiori giorni dell'estate, le locuste ambrate entravano nel periodo della deposizione delle uova: mai forse se ne erano viste così tante. Avevano già deposto tante uova che, scavando al fondo del cimitero, Riky e Père avevano trovato una quantità di uova sotto la crosta della terra, al punto che Père aveva gettato della benzina e bruciato tutt'attorno alla fossa prima di farvi scendere Maman. Ma appena cominciarono a ricoprirla di terra, delle nuove locuste erano sorte a piantare i loro ovopositori, e Père si era messo a ucciderle con una rabbia muta, rifiutando di allontanarsi dalla tomba perché più ne uccideva più ne venivano.

Fino alla morte della madre, Riky e Soeur avevano giocato insieme come giocano i gattini, si amavano infantilmente, e, qualunque cosa in seguito sia potuta avvenire tra loro, è sempre di questo amore infantile che continueranno ad amarsi, ed è questo, prima di tutto, che quella che loro avrebbero chiamato Mère — quando Père la portò giù dalle montagne dopo la morte di Maman — volle rubare loro.

All'indomani della sepoltura di Maman, Père disse a Ricky e a Soeur: *Venite, andiamo a vedere se quelle sporche bestie sono riuscite ad arrivare sino a lei.* Prese la pala e andò alla tomba accompagnato dai suoi ragazzi. Dopo avere smosso un po' la terra mise a nudo una tale quantità di uova che gettò la pala e se ne andò, spingendo Riky e Soeur che si erano un po' troppo avvicinati a lui. Non voleva saperne di loro. Non una parola. Non uno sguardo. Niente! E quando sorprese Soeur che piangeva, la picchiò, e picchiò Riky quando volle prendere le difese di sua sorella. Da quel momento si chiuse ancor più in se stesso e visse tra Riky e Soeur come se fossero morti e insieme a Maman egli avesse perso anche i suoi figli. Ecco come lo smarrimento gettò Soeur e Riky nell'irreparabile, ecco perché i loro giochi da gattini, infantili, si trasformarono, e senza saperlo furono trascinati dal gioco a una sorta di consolazione nervosa dalla quale uscirono la prima volta sbigottiti e la seconda con il desiderio di ricominciare.

Questo facevano ogni momento mentre si trovavano soli. Ma la cosa si seppe e a poco a poco Père, Soeur e Riky si trovarono isolati.

Un giorno, Père aveva scoperto due locuste ambrate congiunte sul tavolo della cucina, e aveva detto a Riky e a Soeur: *Guardate bene*. E prendendo un mazzuolo che usava per piantare i paletti dei recinti, le aveva colpite, facendone una poltiglia e spaccando a metà la tavola. Quel mazzuolo era estremamente pesante e non si poteva sollevare che a due mani. Ecco quale fu il primo avvertimento.

2

La gente della missione entomologica aveva preso Riky in simpatia. Si erano messi d'accordo per assumerlo a giornata da Père, e Riky li seguiva dappertutto portando gli strumenti per le misurazioni e i barattoli dove galleggiavano gli insetti morti. *Strano ragazzo*, aveva detto l'uomo che conduceva la missione il giorno che Riky aveva portato gli entomologi sui luoghi dove si aggrumavano le femmine durante il delicato periodo di esposizione delle loro borse traslucide. Queste borse intrigavano la gente della missione e si stupivano che un ragazzo dell'età di Riky la sapesse così lunga su questi insetti mai visti prima di allora. *Si divorano tra loro*, aveva detto Riky. Ne aveva ferito qualcuno, e immediatamente, in effetti, più insetti erano sorti e si erano gettati sui feriti per tagliarli a pezzi e trascinarli in disparte. La giovane donna della missione aveva carezzato la gota di Riky e gli aveva regalato delle sigarette.

Con il denaro che ottenne dall'aver dato a giornata suo figlio, Père acquistò due muli. Si era assentato per qualche giorno e quando era ritornato tirava per le cavezze due muli magri dalle reni concave. Queste bestie erano troppo logore per fare altro che sonnecchiare, i musi nelle mangiatoie, ma Père aveva un suo piano. Si mise d'accordo con gli entomologi per affittare loro, oltre a suo figlio, anche quei due muli moribondi. Ora, ogni mattina, Riky arrivava al campo con i muli. Gettavano sui loro dorsi le sacche con gli strumenti per le misurazioni e le registrazioni. Talvolta quelli della missione si facevano portare dal ragazzo sull'altopiano a est del villaggio, là dove la terra è particolarmente nuda. Altre volte restavano sul livello del mare. Costeggiavano l'immensa spiaggia, superavano la zona militare e scaricavano il materiale sulla sabbia, nel luogo dove il corso d'acqua si separa in più bracci. Riky faceva in modo di seguire sempre la donna bionda. Lui piantava i segni di riconoscimento e lei prendeva appunti. Un giorno trovarono un pezzetto di metallo che doveva datare dall'incidente della Base. La sera stessa alcuni soldati vennero a prelevarlo con l'elicottero. *Maman è morta per colpa dell'incidente*, aveva detto Riky. La donna bionda gli aveva proibito di riparlarne davanti a lei. *Noi siamo qui in missione per osservare gli insetti prodotti dall'incidente e non per studiarne gli altri effetti*, aveva detto al ragazzo. Gli diede delle sigarette e gli passò affettuosamente la mano sui capelli. Era l'epoca della deposizione delle uova delle locuste ambrate, quindi circa la fine di luglio. Dopo che il sole aveva superato il primo quarto del suo percorso sul mare, il calore si faceva troppo forte per quella gente venuta da fuori. Temevano il sole fisso e cercavano gli angoli d'ombra sotto le rocce per attendere che l'aria fosse di nuovo respirabile. Ogni volta che Riky si trovava solo con la donna bionda, si sdraiava vicino a lei all'ombra sulla terra secca. Poco prima di ripartire lei gli aveva detto che quando sarebbe tornata l'estate seguente lui sarebbe diventato senza dubbio un bel ragazzo, e lo aveva interrogato sui suoi propositi per il futuro. *Verrò sempre con te e porterò il materiale*, aveva risposto il piccolo Riky.

Quando, all'inizio dell'autunno, la gente della missione se ne andò, diedero oltre il suo compenso e il prezzo dell'affitto dei muli, una somma di denaro al ragazzo e promisero di riprenderlo con loro quando sarebbero tornati la prossima primavera. La loro presenza in questa regione arida e pericolosa era ora divenuta senza oggetto: le locuste erano scomparse di colpo, si erano bruscamente dissolte come se un fuoco invisibile le avesse bruciate senza lasciare cenere.

Quando era stata stabilita la Base, si era promesso alla gente del villaggio un miglioramento delle loro risorse. Ma a parte l'incidente e qualche indennizzo per i primi morti, nient'altro ne era venuto. E ciascuno si domandava, anche se non ne aveva alcuna speranza: Come fare perché i soldati ci arricchiscano? Dopo la partenza degli entomologi, Père aveva avuto l'idea di mandare il ragazzo ad affittare i muli all'entrata della Base. Non i vecchi muli, ma di nuovi sani e nervosi che si era procurato con il denaro guadagnato con l'affitto dei due vecchi animali. Li aveva abbattuti con il mazzuolo che usava per piantare i paletti del recinto, e si era dato da fare per vendere le loro carcasse ai pescatori come esca. Aveva dato al ragazzo le cavezze dei nuovi muli (uno era grigio e ben messo, l'altro una giovane mula pallida maculata di giallo) e gli aveva detto: *Va' alla Base e mettiti vicino alla garitta.* Il ragazzo fece come suo padre gli aveva detto e attese che i soldati affittassero i muli. La sera ritornò senza denaro. Il giorno dopo Père inviò di nuovo Riky ma questa volta con Soeur: *Andate alla Base, e che Soeur offra i muli ai soldati per la pas-*

seggiata. Riky e Soeur si appostarono lungo i reticolati di filo spinato, non lontano dalla garitta. La sentinella aveva parlato alla ragazza, e quando gli era subentrato un altro al posto di guardia, era venuto con un commilitone. Avevano affittato il mulo e la mula, e uno dei soldati aveva preso Soeur in groppa. Galopparono tutti e tre sino al termine della spiaggia. Riky li vide passare a guado i bracci del corso d'acqua e sparire su una della isole del magro delta. Il sole era sceso lentamente tra fasce di nuvole rosse. Il ragazzo si era assopito sulla sabbia, e stava facendo notte quando i soldati erano tornati con Soeur. Il mulo zoppicava e Soeur aveva pianto. I suoi abiti erano bagnati. Riky aveva preso i muli per le cavezze ed era risalito con sua sorella verso la casa dove li attendeva il padre. Per strada, Soeur aveva ancora pianto e sempre piangendo aveva consegnato a suo fratello il denaro che le avevano dato i soldati. Era troppo per quello che avevano potuto fare con dei muli, e troppo poco per quello che Riky comprese che dovevano aver fatto con Soeur. Quella sera, la ragazza evitò di comparire davanti a Père, e fu il ragazzo a consegnargli il denaro. Père contò, e non si sorprese della somma. L'indomani si limitò a tendere ai suoi figli la cavezza della bella mula pallida maculata di giallo e quella del mulo. Disse: *Fate come ieri*. Soeur e Riky ritornarono alla Base. Vicino alla garitta si trovava un altro soldato. Disse alla ragazza: *Aspetta che vado a cercare il tenente, vedrai che io e il tenente saremo più generosi dei nostri compagni di ieri*. Se ne andò e tornò con un uomo biondo. Affittarono il mulo e la mula, malgrado il primo zoppicasse ancora e partirono sino al corso d'acqua che passarono con Soeur in groppa — come avevano fatto gli altri soldati il giorno prima. Riky aveva visto subito che a Soeur faceva piacere essere con un ufficiale, perché era saltata di slancio dietro di lui, e quando era tornata rideva, e il ragazzo aveva notato che non era bagnata come il giorno prima e che i suoi gesti erano liberi, quasi insolenti con il tenente, e che il tenente non era così arrogante come lo erano tutti con gli abitanti di questa regione dimenticata. Aveva detto a Riky porgendogli le cavezze dei muli: *Riportali domani*, e il ragazzo aveva capito che l'ordine concerneva Soeur, e che era lei che il tenente desiderava montare e non i muli. Come il giorno prima, Père prese il denaro che la ragazza aveva dato a suo fratello per strada, lo chiuse come il giorno prima nella borsa di cuoio che portava al collo e andò a dormire. Soeur non era comparsa, non per vergogna, questa volta, ma perché voleva custodire in sé intatta l'immagine dell'ufficiale con il quale aveva cavalcato.

E così, ogni giorno, Soeur e Riky tornavano alla Base. Il tenente spiava il loro arrivo con l'uno o l'altro dei soldati. Ora facevano entrare direttamente Soeur nella caserma dietro gli hangar, e Riky restava con i muli ad aspettare vicino alla garitta. Elemosinava delle sigarette alla sentinella e pazientava accoccolato vicino alle bestie immobili le cui teste penzolavano tristemente sino a toccare la sabbia. A volte il ragazzo si seccava di questa immobilità. Faceva correre i muli e correva tra loro, attaccato con le due mani alle loro criniere. Gli piaceva entrare nella loro cadenza, ed era senza sforzi che con un solo salto si ritrovava sul grande mulo e che dal grande mulo passava in piena corsa sulla mula. I soldati incoraggiavano il ragazzo, ammirando la sua agilità e la sua temerità. Gli davano delle sigarette e Riky era felice. Durante tutto questo tempo Soeur restava negli alloggi degli ufficiali. Beveva e ballava con loro su di una musica violenta. Soeur ritornava imbellita e terribilmente sovreccitata da quei momenti passati con il tenente. Riky risaliva per il sentiero trascinando dietro di sé il mulo e la mula. Soeur andava davanti continuando a danzare e canterellando dei motivi che Riky non conosceva. I suoi occhi brillavano e le sue guance erano rosa; da vicino sapeva dell'alcol e delle sigarette profumate degli ufficiali. Ogni istante abbracciava il suo giovane fratello ridendo e piangendo. Diceva: *Oh Riky, oh Riky! Oh se tu sapessi...* Il ragazzo soffriva nel vedere sua sorella in quello stato. E ce l'aveva con Père che non diceva niente e si prendeva i soldi. Questo avveniva durante l'inverno, il terzo dopo l'incidente della Base, e il primo dopo la morte di Maman. Al villaggio tutto si sapeva e un lento odio cominciò ad accumularsi contro Père che, dando Soeur ai soldati della Base, e arricchendosi grazie a ciò, umiliava la comunità che dopo l'incidente rifiutava ogni contatto con i militari. Al momento dell'incidente, il comandante della Base si era ben guardato dall'avvisare del pericolo mortale gli uomini che aveva precettato per lo sterramento della sabbia toccata dalle schegge. Tanto che, il giorno in cui Père fu trovato nel burrone, gli inquirenti venuti dal capoluogo sospettarono quelli del villaggio di questo assassinio mascherato. Lo avevano trovato a metà del burrone, tra le immondizie. Certo non doveva avervi soggiornato niente male, perché le locuste ambrate avevano avuto il tempo di tagliargli le palpebre, i lobi delle orecchie e le labbra, in modo tale che sembrava ridere, immobile a metà del burrone. Così, al momento in cui l'avevano individuato, quelli del villaggio sostenevano di averlo creduto solamente ferito perché lui li guardava arrivare. E poiché non aveva più labbra, avevano pensato che sorridesse, che mostrasse loro i denti. E a mano a mano che si avvicinavano, avevano pensato, dicevano sempre loro, piuttosto alla smorfia di impotenza di chi si fosse rotto la gamba o ferito duramente, poiché lui non si muoveva, al contrario di quello che avevano creduto dall'alto. Ma appena furono vicino a lui, videro che gli insetti l'avevano ricoperto e intaccato, che non aveva più né palpebre né labbra, e che per quello aveva l'aria di osservarli con un sorriso mentre scendevano verso di lui. Ecco perché il cadavere aveva l'aria di un vivente mentre giaceva a metà del burrone tra le immondizie. Ecco anche perché quest'uomo, che durante tutta la sua vita non aveva mai sorriso e non aveva mai avuto uno sguardo per nessuno, era stato trovato con quello strano sguardo e quel sorriso che non erano né uno sguardo né un sorriso ma piuttosto, pensarono gli inquirenti, la traccia di una vendetta. *Queste bestie si nutronó davvero di carne?* domandarono al responsabile della missione entomologica ritornato in quei luoghi aridi come ogni estate dopo l'incidente. *Questa storia delle labbra e delle palpebre vi sembra naturale?* — *Naturale? sicuramente no,* aveva risposto l'entomologo, *a meno che voi troviate naturale la presenza di questi insetti, e la loro inverosimile mutazione e la loro moltiplicazione dopo l'incidente. — Non è questo il problema, ciò che accadde alla Base riguarda solo quelli che hanno condotto l'inchiesta all'epoca. L'affare è archiviato, lo sapete bene. — Allora, se volete un consiglio, archiviate anche questo. — Questo riguarda noi. Ma lei non ha risposto alla nostra domanda: questi insetti, secondo lei, sarebbero stati capaci di tagliare le labbra e le palpebre di un uomo? — Capaci? sicuro, credo di sì.* Gli inquirenti ritornarono al burrone ed esaminarono ancora una volta il luogo dove era stato scoperto il cadavere. Vicino al corpo, la gente del villaggio aveva detto di aver trovato del cibo, una rete da pesca strappata e la lampada a carburo che l'uomo portava sempre sulla sua barca quando usciva di notte. Era rotolato nel burrone, avevano sostenuto quelli del villaggio, e rotolando si era fatto quel buco nelle tempia sinistra che sembrava piuttosto prodotto da colpi di martello poiché l'incisione mostrava nettamente l'osso temporale spezzato ad angolo retto, cosa che nessuna roccia avrebbe potuto fare. *Dunque, lei crede che avrebbero preferito rosicchiare le labbra e le palpebre dell'uomo invece che mangiarsi il cibo che portava con sé? — Domandate piuttosto ai suoi figli; questo ragazzo la sa più lunga di noi su questi insetti, ve lo assicuro, vi informerà molto esattamente sui gusti di queste creature strane.*

Gli inquirenti interrogarono l'adolescente ma non ne cavarono niente. Interrogarono quella che lui chiamava Soeur, poi quella che loro due chiamavano Mère ma non trovarono niente di divergente in ciò che dissero separatamente tutti e tre. Interrogarono Soeur a proposito dei soldati della Base, dei muli, di suo fratello e delle voci che correvano. Piangeva. Interrogarono Mère. Lei anche piangeva. Fecero di nuovo venire Riky: *Gli entomologi sostengono che ne sai più di loro su questi insetti. — Sì, è possibile anche farli divorare tra loro,* disse Riky, *basta ferirne qualcuno. — Tu credi che preferirebbero mangiare carne umana? — Credo che se si desse loro qualche pezzetto di carne umana la divorerebbero come si divorano tra loro, sì, credo che sia così. — Ci hanno detto che tu detesti questi insetti più di chiunque, qui. — È vero,* disse Riky, *io li detesto e ne ho paura, mi obbligano a uccidere. — Ah, davvero?* disse quello che lo interrogava. *— Sono troppo numerosi,* disse Riky, *io posso portarvi là dove se ne trovano migliaia, e capirete perché loro ci hanno messo, con il loro gran numero, in questo obbligo di uccidere.*

Li condusse dove le locuste nascevano all'inizio dell'estate. Mostrò loro come le locuste si divoravano reciprocamente. Poi, presa una femmina, la strappò in due, mettendo a nudo il canale per il quale passavano le uova. Il funzionamento dei due coltellini paralleli stupì gli inquirenti. Uno di loro disse: *In effetti, questi insetti sono pieni di risorse. Dimmi, ragazzo, tu credi che sarebbero capaci di fracassare la tempia di un uomo a colpi di martello, di avvolgerlo in una vecchia rete da pesca e di trascinarlo sino al burrone dove è stato ritrovato tuo padre, essendosi prima presi cura di prelevarne dei pezzetti con delle forbici? rispondi, ragazzo, tu che conosci così bene questi sporchi insetti.* Riky afferrò delle locuste sulle rocce e si mise a schiacciarle al suolo a colpi di tallone. A un tratto, uno degli inquirenti lo prese per il braccio: *Basta così!* E ritornarono al villaggio. I loro gesti erano rallentati dall'estremo caldo e le loro voci erano stanche.

L'indomani, misero il corpo di Père nell'elicottero con il quale erano arrivati, e si alzarono sul villaggio. L'elicottero virò, si inclinò e disparve di colpo dietro la montagna. Il corpo di Père non fu mai restituito alla famiglia e il caso fu momentaneamente messo a tacere. L'incidente della Base era ancora troppo vicino (e le sue conseguenze sulla mutazione degli insetti troppo evidenti) per essere reso pubblico dando troppa importanza a questo delitto.

3

L'avevano posato in un angolo della carlinga. Attraverso il telone traslucido si poteva vedere, sembrava sorridere e guardare. Giaceva sull'impiantito di ferro, legato nel telone, simile a una mummia, apparentemente meno indifferente nella morte di quanto lo fosse stato in vita. Mentre l'elicottero rombava e gli inquirenti prendevano posto nell'abitacolo, il pilota gettò un insetto che era riuscito ad arrampicarsi sul posto di comando. Uno degli inquirenti disse al chimico della missione entomologica: *Finiremo per credere che in effetti sono queste strane bestie ad aver commesso il fatto. Sono loro che dovremmo consegnare alla giustizia.* Si diedero la mano ridendo, e l'elicottero salì, lasciando un cerchio vuoto in mezzo alla gente del villaggio; tutti insieme si voltarono su se stessi quando li sorvolò per sparire all'improvviso dietro la montagna. Tutto va per il meglio, si era detto il chimico ridiscendendo verso il campo.

La piccola folla nera si disperse. Ciascuno rientrò a casa propria, sollevato. Père era riuscito ad accumulare tanto odio su di sé e sulla sua famiglia, che tutti al villaggio avevano partecipato con lo spirito al suo assassinio, anche senza averci effettivamente messo mano. Alla fine, lasciarono che se la vedessero tra loro. E ciascuno pensava che, come questi insetti sapevano la loro morte prima che uno li schiacciasse, lui aveva saputo la sua prima che sopravvenisse, quando la luna era così bassa e bianca che, anche se lui fosse effettivamente passato di notte presso il burrone, non avrebbe potuto in alcun caso ruzzolarci e fracassarsi una tempia. Perché quella notte, se lo ricordavano tutti, c'era più chiaro che in pieno sole. Il cibo gettato vicino al cadavere non ingannò nessuno: nessuno ebbe dubbi sul fatto che fosse un delitto, e sulla forma che aveva assunto.

Intorno a Père si era sempre stesa una zona di spessore, di pesantezza oscura. L'aria che lo circondava sembrava più densa della pietra, tanto che da sempre Riky e Soeur si erano sentiti prigionieri in questo spessore, come quelle conchiglie e quei pesciolini che il tempo e la pressione hanno delicatamente scolpiti all'interno dello scoglio. Quando non erano ancora stati abbandonati dalla dolcezza di Maman, l'immenso peso li aveva schiacciati come aveva schiacciato Maman, dal giorno che l'aveva presa dal suo villaggio nelle montagne. Lo spento spessore di Père si era abbattuto su di lei dopo che l'aveva sequestrata nella sua casa (come più tardi, dopo la morte di Maman, questo spessore si abbatté su quella che doveva succederle). Aveva attraversato il villaggio lentamente perché tutti vedessero montare ad amazzone sulla sua mula la giovane dallo sguardo audace, perché tutti lo invidiassero e lo detestassero ancora di più. L'aveva sollevata tra le sue braccia, perché era l'usanza, e le aveva fatto passare così la soglia della sua casa. Nessuno l'aveva più rivista. L'aveva sequestrata a portata di voce dalla comunità così bene che al momento dell'incidente della Base, quando la videro spuntare nell'ospedale di campagna, vestita di nero, il viso severo, tutti credettero che nel frattempo Père avesse segretamente cambiato moglie. Fece irruzione nella grande tenda dove i militari avevano raccolto gli uomini del villaggio colpiti dal male, e senza dire una parola si mise a svolgere i compiti anche più ripugnanti. Quando anche lei fu colpita, furono i medici militari che la sequestrarono questa volta per renderla a Père morente. Domandò di mettere il suo letto nella sala, si coricò e non si mosse più. Attendeva. E Père, Soeur e Riky, anche loro attendevano. Dopo la sua morte, fu sui ragazzi che riversò i suoi rancori. Poi si mise a provocare Riky. Non lo trattava più da ragazzo, ma da uomo, e lo sfidava come se ci fosse tra loro una segreta rivalità.

Un giorno che Soeur era sola nella scuderia, Père le si era avvicinato e l'aveva bruscamente afferrata per le spalle. L'aveva tenuta immobile contro di sé, guardandola violentemente. Lei si era dibattuta prima, poi non si era più mossa. Per finire le aveva detto: *Attenti, vi schiaccerò tutti e due*. E se n'era uscito. La sera, aveva caricato le lenze sulla barca e se n'era andato in mare. Una tempesta si levò durante la notte. Lunghi lampi colpivano il mare. Senza parlarne, Riky e Soeur si augurarono che Père scomparisse. L'indomani il mare era ancora furioso e la barca di Père non era ricomparsa. Soeur andò a trovare il tenente. Un elicottero sorvolò il mare. E passò un'altra notte. Verso il mattino la tempesta si calmò. Malgrado gli sforzi dei militari, la barca di Père non fu avvistata.

La sera, quando si ritrovarono soli, Riky e Soeur si credettero liberati. *Ci credi, davvero?* aveva detto lei. — *Sì, liberati*, disse Riky. Lei pianse. Una giornata e una notte passarono ancora. Ricky e Soeur presero i muli e costeggiarono la spiaggia al di là del corso d'acqua, sino alla *pêcherie*. Verso l'inizio del pomeriggio, fecero dietrofront, oltrepassarono le installazioni della Base e seguirono la costa in direzione dei cementifici, verso est. Il calore pesava. I muli avevano su di sé la schiuma del proprio sudore. Di tanto in tanto Riky e Soeur li spingevano in mare e loro avanzavano fianco contro fianco nell'acqua che la tempesta aveva reso opaca come di giada. A un tratto trovarono mezzo affondata nella sabbia una barca smembrata. Non era quella di Père. Loro due furono segretamente delusi.

Lasciarono la spiaggia e presero una mulattiera che si alzava aggirando le falesie. Il terreno era nero, simile alla cenere. Scricchiolava con un rumore di neve sotto gli zoccoli. Attraversarono un altopiano vuoto il cui suolo era ricoperto di locuste così numerose che i muli non potevano evitare di farne una poltiglia che aderiva agli zoccoli, cosa che rendeva il loro cammino scivoloso. Arrivati all'estremità del capo, Riky e Soeur scoprirono il mare vuoto in un immenso semicerchio calmo. E ancora una volta sperarono, tutti e due, segretamente, che Père fosse morto. Saltarono a terra e, tirando i muli per le cavezze, discesero sino a un'ansa. Il sole era molto piccolo, molto alto, molto accecante. Tolsero le selle ai muli e li lasciarono liberi. Poi restarono un attimo immobili al margine dell'acqua. Riky si diceva: Ma certo, è morto. L'intensità della speranza che provava lo rendeva sicuro che alla fine sarebbero stati liberati. Si bagnarono e si stesero all'ombra delle rocce. Il caldo sembrava più terribile al riparo del sole. Si bagnarono di nuovo e giocarono nell'acqua. Poi rotolarono giocando sulla sabbia. Ridevano, la sabbia scricchiolava tra i loro denti. Intorno a loro le locuste lanciavano brevi richiami. Più volte Riky si alzava di un balzo per schiacciarne. Era l'epoca degli accoppiamenti, la maggior parte degli insetti si trovavano appaiati, la femmina che cavalcava il maschio. A un tratto Soeur ebbe una specie di crisi di nervi. Si mise a gridare: *Smettila, smettila di uccidere!* E martellava la sabbia con i suoi pugni. Riky restò a guardarla senza sapere che cosa fare. La sua ombra la copriva. È quello dunque, si diceva lui. E pensava a Maman e a Père; comprese quella paura che aveva sempre presentito in Père ed ebbe come l'intuizione dell'avvenire che li attendeva. Attorno a loro, sulla sabbia, guardava trascinarsi a due a due degli insetti che stavano accoppiandosi e pensò con repulsione: Era per paura di farsi montare da lei che Père ha schiacciato Maman. È di lei che ha avuto paura, sempre, come io ho paura di tutte loro. Vedeva la donna bionda della missione entomologica, e nello stesso tempo fissava con uno sguardo assente Soeur che, appoggiata sui gomiti e le ginocchia, singhiozzava, la fronte contro la sabbia.

D'improvviso si sentì spingere alla schiena. Il mulo grande si impazientiva e lo colpiva dolcemente con il muso. Si girò, gli avvolse le braccia attorno al collo e restò un momento con la guancia contro il pelo umido e carico di sudore sotto il quale sentiva i muscoli fremere. Il mulo si scrollò nitrendo, si impennò due volte, provocando Riky. Si mosse, trascinando con sé la mula. L'ansa era abbastanza corta e i muli non avevano la libertà che di qualche salto per percorrerla da una estremità all'altra. Passarono e ripassarono, ora facendo sprizzare dell'acqua, ora della sabbia. Giocavano, accostando le loro teste alle criniere ruvide, e mostravano i denti; e

Riky, vedendoli passare e ripassare, seppe che là era la libertà, là era l'oblìo per l'uomo. Correre. Fuggire. Giocare. Là era il senso della vita.

Si lanciò tra le due bestie, e, appeso alle loro criniere, giocò con esse, lasciandosi portare dalla loro forza. Poi d'un balzo fu sul mulo grande che spinse in mare sino a sentirlo nuotare sotto di sé. La mula li aveva seguiti; lei nuotava vicino al suo compagno toccandolo a tratti con il muso e soffiando forte. Sott'acqua Riky colpì con il tallone il ventre del mulo che docilmente fece dietrofront e riguadagnò la costa.

Soeur aspettava, sprofondata nell'acqua sino alle ginocchia. Afferrò la mula per la criniera e si issò in groppa. E come avevano giocato poco prima sulla sabbia, giocarono spingendo le loro bestie nel grande zampillare d'acqua che il sole al tramonto ramava come ramava la loro pelle e il mantello delle loro cavalcature. I loro giochi durarono sino al crepuscolo. Il grande calore del giorno non era caduto ma la luce si illividiva ora ed era bello essere nudi in quest'acqua che cambiava colore. Si stesero ancora sulla sabbia. Intorno a loro gli insetti stridevano, e benché immerso nel piacere, Riky era ossessionato dal desiderio di uccidere, di uccidere sino all'ultimo quei maledetti insetti.

Un po' più tardi, quando avvicinandosi alla casa vide la luce brillare, sentì che non poteva sottrarsi ora alla consapevolezza che Père aveva fatto naufragio in lui, che la morte di quello che chiamava Père era avvenuta in lui, e anche in Soeur durante i momenti che avevano vissuto tutti e due come se Père fosse morto.

Davanti alla porta, videro la lampada a carburo, le reti e le lenze. Una razza di dimensioni quasi umane era sospesa a un gancio piantato in una delle sue sfiatatoie. Il suo ventre bianco sembrava diffondere una luce argentata. In una bacinella, Père aveva gettato le viscere e anche delle piccole razze che aveva estratto dal ventre del pesce quando l'aveva tagliato. Quantità di insetti ambrati attirati dall'odore, si erano radunati attorno al sangue che colava al suolo. Riky e Soeur non potevano avanzare. La colonna di pietra era di nuovo là, drizzata, ed essi ebbero l'impressione di dover contorcersi per penetrare nella sala dove Père li attendeva, per fare quei pochi passi verso la luce. Era davvero lui, seduto sotto la lampadina elettrica. I suoi capelli erano sbiancati dal salino. I suoi vestiti anche erano bianchi di sale incrostato lungo le pieghe. Massiccio, tagliava del pane. Non alzò la testa ma guardò i suoi figli furtivamente, dal basso. La sua massa silenziosa pesava talmente che Soeur si lasciò scappare un gemito, si voltò e uscì. La udirono piangere da fuori.

Allora? fece Père. Il suo volto era nell'ombra, solo i suoi occhi brillavano sotto le sopracciglia sbiancate dal salino. I suoi occhi erano fissi su Riky, insistenti e nello stesso tempo lontani. — *Allora?* disse Père. E colpì la tavola. Aspettò e aggiunse: *Sono tornato. Le reti sono strappate, pesa più di cento libbre. Tagliatela bene e arrangiatevi a venderla alle cucine della Base.* Era tornato, era riuscito a tirare su quella razza e a trascinarla sino alla costa. Non una parola della tempesta, niente su quella notte passata in mare.

L'indomani, la donna della missione scientifica era arrivata. Aveva sentito parlare di quella preda mostruosa. Si trattenne un momento sulla soglia dove la razza aperta era rimasta sospesa. Una quantità di locuste la ricoprivano. La donna bionda scattò delle foto e registrò i gridi di collera degli insetti che si battevano furiosamente nelle sinuosità della carne messa a nudo. Poi contò le piccole razze che Père aveva estratto dal ventre e che aveva gettato nella bacinella con il resto di ciò che era capitato sotto il suo coltello. — *Perché le ha uccise?* domandò. Il ragazzo la disprezzò per questa domanda. Toglieva alla razza la pelle che veniva via sul ventre bianco in lunghe strisce. Lei se ne stava dietro di lui mentre faceva lavorare il suo coltello e la pelle si staccava come un tessuto di seta. Numerosi insetti cadevano e tentavano di trascinarsi in disparte, ma Riky, continuando il suo lavoro, ne schiacciava più che poteva. Numerose vespe ronzavano e si posavano sulle sue braccia. La presenza della donna bionda lo infastidiva. A un tratto si mise a scavare al centro della cartilagine e ne estrasse un pezzetto di carne che palpitava. — *Vede*, disse, *è il suo cuore, batte ancora.* E lo tenne sulla sua palma aperta. Il volto della donna bionda si contrasse: *Oh, no! oh, no*! Tuttavia il cuore batteva, solo. Batteva per niente. Un grumo rosso, informe, si contraeva ostinatamente sulla palma di Riky, e il ragazzo si era messo a ridere davanti a questa carne vivente che si agitava senza scopo. Gettò ai piedi della donna bionda il grumo di carne che continuava a battere al suolo mentre le locuste a poco a poco lo ricoprivano.

4

Père era uscito, aveva detto: *Non voglio che venga qui.* Aveva evitato di guardare la donna bionda. *Non voglio nessuno qui.* E si era ritirato nell'ombra della casa. — *È lui tuo padre?* aveva chiesto la donna. Riky non aveva risposto. I capelli biondi di questa forestiera in short lo riempivano di vergogna, avrebbe voluto avvilirla, vendicarsi dello sguardo di Père. Lei l'eccitava. Vedendo che non sembrava volersene andare, disse: *Farebbe meglio a tornare al campo.* — *Credi che mi lascerebbe scattare una foto qui davanti?* — *Ritorni al campo, bisogna che lei se ne vada.* Lei ripose in ordine il suo materiale e se ne andò.

Riky mise i pezzi della razza dentro delle ceste e con l'aiuto di Soeur le caricò sui muli. Mentre scendevano per il sentiero che portava alla Base, pensava alle gambe nude della giovane donna. Soeur aveva detto: *Spela dappertutto, è disgustosa.* E si era messa a ridere in un modo che tormentava Riky. Pensò: È tempo che vada alla sua tenda. Immaginava i seni, il ventre della donna bionda, la detestava per lo scatto di rabbia che aveva provocato in Père. Pensò: Le ho mostrato il cuore vivente e ne ha avuto paura. Disse: *A te non piace? Nemmeno a me.* Soeur camminava vicino a Riky tenendo la mula per la cavezza. Il sentiero scendeva quasi a picco, e la mula posava delicatamente gli zoccoli l'uno davanti all'altro come se ballasse su una musica che né Riky né Soeur potevano intendere. Forse Soeur è gelosa, pensava Riky. Per un attimo vide l'immagine di Soeur con il tenente. Non più di quanto io lo sia di lei, si disse e tirò la cavezza del mulo grande.

Arrivati di fronte alla garitta, Soeur disse a Riky di aspettarla davanti alla sentinella mentre lei andava a parlare con il tenente. Passò dietro gli hangar e scomparve. Riky si accoccolò all'ombra dei muli carichi che le vespe rendevano sempre più nervosi. Il sole era alto e le ombre si raccoglievano in due piccole macchie informi che cominciarono a spostarsi in tutte le direzioni a mano a mano che i muli si agitavano. Le vespe giravano intorno alle bestie e si introducevano attraverso i listelli dei cesti. *Va' più lontano*, disse l'uomo di guardia, e gli gettò qualche sigaretta. Docilmente Riky si allontanò lungo la linea del filo spinato. La mula soprattutto era inquieta, si scrollava e soffiava dilatando le froge delicate. I suoi occhi sporgenti erano divenuti neri e molto brillanti. Riky legò le bestie al filo spinato e ritornò verso il soldato. Disse: *Gli animali stanno per impazzire per le vespe. Lasciami passare fino alle cucine. — Va' più lontano*, disse il soldato. E mise il suo fucile di traverso contro il petto di Riky. Si allontanò ancora una volta e restò con i muli. Ballavano senza avanzare tirando le loro cavezze. Una macchina nera si alzò tra gli hangar, passò molto bassa poi ridiscese. La mula fece un salto e partì scalciando come se la cavalcasse un cavaliere maldestro. La cavezza era rimasta nella mano di Riky, rotta di netto. Riky tornò verso la sentinella e gli domandò di aiutarlo a tenere il mulo grande, il tempo che lui lo scaricava e riacciuffava la mula. *Ti ho detto di stare alla larga*, gridò il soldato. E cominciò a far retrocedere Riky posandogli sul petto il calcio del suo fucile.

Riky lo spinse e il soldato lo colpì. Nello stesso istante il tenente e Soeur sbucavano da dietro gli hangar. *Attento, Riky*, aveva detto il tenente in modo brusco. Riky si trattenne dal colpire. Detestava questi uomini che pagavano Soeur perché venisse a ballare e bere con loro nelle camerate, e detestava Père che lasciava andare Soeur con i soldati che occupavano la Base.

Un po' più tardi, mentre si trovava in disparte con la donna bionda, le aveva detto: *Mi porti con lei lontano da qui*. Camminavano lungo un sentiero tra grandi rocce venate. Aveva parlato senza guardare la donna. Arrivarono sull'altopiano che dominava il mare, a est del villaggio. Di là, vedevano la costa intera: a destra, dopo le piste e gli hangar della Base, la lunga spiaggia tagliata in più tratti dai bracci del corso d'acqua: più lontano, la costruzione in mattoni della *pêcherie* e la fabbrica di conserve. *Io non voglio andare a vendermi laggiù*. Mostrò la costa est: *E neppure laggiù*. Lontano si indovinavano le grandi sagome dei cementifici scavati nelle colline. Ripartirono tirandosi i muli dietro e sballarono gli strumenti di misurazione un po' più lontano. Vedevano sotto di loro, ridotte per via della distanza, le piste della Base e le macchine coperte con reti color terra. Riky si voltò e schiacciò nella polvere un insetto che al momento di morire lanciò un lamento desolante. *Capisci*, disse lei, *non c'è stato incidente, hanno archiviato la cosa, e senza la comparsa degli insetti non se ne parlerebbe più. Se noi siamo qui non è per indagare sul legame tra la causa e l'effetto, ma per presentare un rapporto sulle loro mutazioni e la loro progressione, da consegnare a coloro che ci hanno incaricati di questa missione. Gli abitanti della zona non potranno circolare finché noi non avremo presentato questo rapporto.* E lei immerse l'insetto che stava esaminando in un barattolo di vetro dove già galleggiavano più locuste. Poi disse ancora: *Non vi è stato incidente se non per quelli che sono morti. È un puro caso se c'è stata una mutazione e questi strani esseri hanno cominciato a moltiplicarsi.* Rise e aggiunse con voce allegra: *Lo so, povero Riky, tu non lo puoi comprendere, ma è così che va.* Accese una sigaretta e gliela diede da fumare. Lo guardava e lo trovava bello. Lui disse corrugando un po' la fronte: *Allora, comprano Soeur per pagare la morte di Maman? Ma allora, Soeur ce l'hanno gratuitamente.*

Uno degli entomologi disse alla giovane donna: *Dovresti starci attenta, stai guastando il ragazzo; non comprende niente di quello che tu gli racconti. — Ma vedi,* disse la giovane donna ridendo, *se capisse, io me ne guarderei bene dal raccontarglielo.* Parlando socchiuse con l'aiuto di una lunga pinza l'ovopositore d'una femmina che aveva appena staccato da un maschio.

La donna bionda lasciò gli uomini della missione all'ombra delle rocce e trascinò Riky con lei fino alla spiaggia. Presero i muli, e, superando la Base, si diressero verso i bracci del corso d'acqua, là dove Soeur aveva l'abitudine di andare con i soldati. Le bestie avanzavano con la testa penzoloni, come strappando dal suolo torrido i loro zoccoli. Una macchina si levò sopra gli hangar. Benché oppressi dal caldo, i muli ebbero qualche sobbalzo nervoso. Riky legò le bestie e seguì la donna bionda nell'acqua. Poi andò a stendersi vicino a lei all'ombra d'una roccia. Il ventre della donna era bianco, dello stesso biancore del ventre della razza. Aveva una piccola cicatrice sopra l'inguine, a destra. I suoi seni si allontanavano ai due lati del tronco. Lui non amava la forma dei suoi seni. Niente gli piaceva di quel corpo di donna. Non era nemmeno realmente bionda. Gli era così estranea come lui trovava estranei a Soeur il tenente e i soldati. La donna attirò l'adolescente su di lei, le loro pelli scivolarono, brucianti, vischiose. Riky vedeva da vicino la fronte alta e rigonfia, il naso piccolo dalle narici un po' strette, la bocca il cui labbro superiore si alzava sui denti bianchissimi, da bambina, e gli venne voglia di mordere quel viso il cui sguardo blu era scomparso sotto le palpebre dalla pelle iridata come certi uccelli.

Come tutti gli anni dopo l'incidente, le tende erano state montate all'ombra della rocce della grande falesia. Erano piuttosto delle spaziose zanzariere di cui solo i tetti erano di tela. Là, depositavano i barattoli e gli strumenti di laboratorio. L'elettricità era stata portata grazie a dei cavi che i soldati della Base avevano gettato di roccia in roccia al di là degli hangar. Un po' discoste da queste tende-laboratorio, altre tende servivano per alloggiare individualmente i membri della missione. Quella mattina, l'adolescente arrivò in anticipo. Nessuno era pronto, il calore era tale che non ci si poteva proprio muovere prima che il sole passasse dall'altra parte del cielo. Fu ciò che gli venne a dire la donna bionda. Appena aveva udito i muli, era immediatamente uscita dalla tenda ed era avanzata nello spessore quasi insormontabile della calura. Sudava tanto che sembrava uscita dall'acqua. Anche i capelli che aveva alzato sopra la testa erano bagnati. Lei disse: *Metti le bestie all'ombra e vieni nella mia tenda.* Legò le bestie ed entrò nella tenda della giovane donna. Lei accese una sigaretta e ne diede una a Riky. Il sudore colava sul suo volto e dopo qualche tirata l'esile cilindro di carta della sigaretta cominciò a disfarsi. Lei si era lasciata cadere sul letto da campo e aveva attirato vicino a sé l'adolescente che si teneva rigido, distante, sull'orlo. Disse all'improvviso: *Io non devo restare. Sono deciso a partire. Se lei non mi porta, tenterò di uscire dalla zona vietata passando per i sentieri di montagna.* Lei disse: *Aspetta questa sera. Parlerò con gli altri. Forse accetteranno di nasconderti sull'elicottero.* Una locusta si era appena introdotta attraverso una fessura della zanzariera, posò delicatamente sul tappeto al suolo le sue zampe magre che in controluce sembravano traslucide. Riky la afferrò per le placche laterali del torace in modo che l'insetto non potesse emettere il suo grido di disperazione e la rivoltò mostrando il ventre molle e inanellato. Disse: *Nessuno potrà mai ucciderle tutte.* E tranquillamente si mise a strappare una dopo l'altra le sei zampe dell'insetto. *Ecco,* disse Riky, *cosa sarò obbligato a fare, se non me ne vado.* Gettò la cosa senza zampe che intanto gridava. Si alzò, uscì nella calura.

Quando venne sera, Riky e la donna della missione salirono di nuovo sull'altopiano a est del villaggio. Numerose locuste ambrate si abbarbicavano alle rocce: la maggior parte di esse avevano gonfiato la tasca che esponevano al sole declinante. La donna bionda prelevò alcuni insetti e li depose nei barattoli che Riky le porgeva, poi entrambi ridiscesero al campo. Ormai era quasi notte. Riky seguì la donna in una delle tende-laboratorio dove si trovavano già gli altri tre entomologi. Sotto la luce blu delle lampade lavoravano in silenzio. La donna allineò i barattoli dopo aver annotato sull'etichetta l'ora e il luogo di prelevamento. Disse: *Potremmo ottenere che parta con noi il mese prossimo?* Gli entomologi fecero come se non avessero sentito. Disse, alzando un po' la voce: — *Senza di lui, avremmo perduto un sacco di tempo a individuare i luoghi, sa meglio di noi, d'istinto, la sa più lunga di noi su questi insetti.* — *Tu finirai per farlo impazzire, questo ragazzo*, disse il capo della missione. *Al tuo posto, eviterei di dargli sui nervi e di mettergli in testa delle idee...* — *Quali idee?* — *Andiamo, lo sai bene.* Parlavano davanti all'adolescente come se lui non capisse. Lei disse: — *Sono sicura che ci stupirebbe, se gliene fosse data l'occasione. Che ingiustizia far patire gli abitanti di questa zona! Noi sappiamo e stiamo zitti. E non soltanto stiamo zitti, falsifichiamo, anche.* — *Basta*, disse il capo della missione. Lei mise le mani sul collo di Riky: *Vedi mio povero Riky, noi siamo una banda di privilegiati, e io non posso far niente per te, davvero. Abbi pazienza sino alla prossima estate e forse troveremo il modo...*

Con la fine dell'estate gli ultimi insetti ambrati scomparirono e la missione entomologica ripartì. Riky dovette di nuovo dividersi tra affittare i muli ai soldati e uscire in mare con Père. La vicinanza di Père sulla barca stretta era una tortura per Riky. Lo aiutava a calare le reti e tirare su le lenze. Il padre e il figlio non parlavano. Agivano nello spazio ristretto della barca come se ciascuno fosse stato solo. Una volta, adolescente si stese sul fondo della barca e pianse. In un attimo, poiché suo padre non diceva niente, si rialzò e si rimise al lavoro. Quel giorno presero un pesce spada. Il suo rostro misurava più di due metri. Père colpì il pesce spada con l'ascia mentre Riky teneva la rete dentro la quale si dibatteva. Questa pesca mise Père di buon umore. Disse: *Lei si darà da fare per venderlo ai soldati della Base. Ne deve cavare un buon prezzo.* Diede una pacca sul ginocchio di Riky e disse con una voce pericolosamente raddolcita: *Allora, siamo tristi?* Riky non rispose. Père avviò il motore e la barca, tirando con difficoltà il pesce spada attaccato al suo fianco, prese la direzione della costa. Non avanzavano, il vento era contrario. Père mostrò la Base lontana e disse: *Finiremo bene per spillare loro il denaro che non hanno voluto versarci per la morte di Maman.* Queste parole, nella bocca di suo padre, Riky le ricevette con la violenza di un colpo. Restò in silenzio e abbassò la testa. *In ogni modo*, continuò Père, *io non rimpiango Maman; ciò che Dio ci prende non deve essere rimpianto, prendendocelo, ce lo restituisce.* Riky alzò la testa e fissò un momento suo padre negli occhi. Poi si voltò, vergognandosi delle lacrime che gli venivano. Improvvisamente vide l'ascia con la quale suo padre aveva appena accoppato il grosso pesce. Era rimasta ai loro piedi. L'acqua che si agitava nel fondo della barca la lavava del sangue di cui era impregnata. Riky guardava l'acqua imporporata e la lama piatta che certi momenti rifletteva una violenta luce del sole. Riky pensò: Se avessi accoppato Père come lui ha appena accoppato questo pesce, questa lama sarebbe uguale? Se avessi accoppato Père come ha appena accoppato questo pesce ci saremmo liberati di lui? Se avessi accoppato Père... se lo avessi accoppato... Père aveva sorpreso lo sguardo di suo figlio, e al figlio sembrava che il padre fosse entrato nel suo pensiero. Disse, reso gioioso dal pesce spada che il battello trainava con difficoltà... a meno che ciò non fosse per aver sorpreso nell'occhio del figlio il puro lampo del desiderio di assassinio, disse:

Allora, vi eravate già rallegrati? Ho visto le tracce della vostra vergognosa allegria, e ho visto le tracce della vostra vergognosa disillusione quando sono tornato. La barca oscillava sul mare per le onde lunghe, ai loro piedi l'ascia si spostava da sola e faceva rumore nell'urtare una nervatura dello scafo. Riky avrebbe voluto gridare, gli sarebbe piaciuto gridare di paura. Père gli mostrava i denti, Riky vide quel volto abitualmente immobile sorridergli. Una mano posata sul dorso del gran pesce che rimorchiavano, l'altra sul timone, Père gli sorrideva, e Riky si tratteneva dal piangere come piangono le bestie abituate a essere colpite quando una mano avanza verso di loro per carezzarle. Fino a quel momento, Riky si era sentito al riparo nel silenzio e nell'indifferenza di Père. Père non gli aveva mai parlato così direttamente, e questa improvvisa tensione nella stretta trappola della barca lo faceva tremare.

Durante il laborioso ritorno verso la costa, poiché il pesce spada legato a una fiancata della barca li rallentava, Père parlò per la prima volta della cugina di Maman, quella che ben presto avrebbero chiamato Mère. Disse: *È dello stesso sangue di Maman*. Ma diversi mesi passarono ancora prima che lui andasse a prenderla sulla montagna — là dove da giovane era andato a prendere Maman. Père fece a pezzi il pesce spada, ne staccò il rostro d'avorio, e lo pulì. Poi mandò Riky e Soeur a proporlo agli ufficiali della Base. Lo pagarono un prezzo buono e lo appesero nella loro mensa.

Soeur diede il denaro a Riky perché lo consegnasse come d'abitudine a Père. Camminavano tenendo i muli per le briglie, era sera, risalivano verso casa. A un certo punto Riky disse: *Quello che ti han preso e che continuano a prenderti non è pagato.* Soeur si era fermata, cercava di distinguere l'espressione del volto di suo fratello. Dicendo così Riky pensava alla donna bionda e a ciò che lei gli aveva detto il giorno che avevano fatto il bagno insieme.

5

La polvere gialla delle strade di montagna aveva quasi completamente coperto i vetri della corriera e Riky non poté, sul momento, che indovinare la sagoma della donna che Père era andato a prendere nella famiglia di Maman. Père scese per primo, e, senza preoccuparsi di lei, prese dalle mani di Riky le cavezze dei due muli che portò dietro la corriera, contro la scaletta di ferro che permette di accedere al portabagagli sul tetto. Dunque è qui? sembrava dirsi la giovane donna, in piedi sul marciapiede, guardando tutt'intorno questa gente che la esaminava con una curiosità cattiva. Erano venuti a vedere la nuova donna di Père prima che fosse sequestrata come lo era stata l'altra; la guardavano in silenzio mentre Père riceveva dall'autista i bagagli avvolti in teloni di plastica tenuti con delle corde. Faceva particolarmente caldo, era l'epoca in cui i richiami delle locuste ambrate diventavano stridenti, l'epoca durante la quale le femmine esponevano le loro tasche traslucide per far maturare le uova. Père caricò i bagagli di traverso sulle selle dei muli mentre Riky, un po' in disparte, non poteva distogliere lo sguardo da questa donna. Ecco dunque il pensiero di Père, diceva tra sé, desiderava quello, dunque. Il suo volere era dunque là? Lei se ne stava sempre immobile davanti alla corriera ma ora guardava con uno stupore percettibile il mare, lontano laggiù, che sul momento, dirà più tardi a Riky, le sembrò verticale come un immenso muro di colore grigio. Non aveva mai visto il mare né aveva mai provato a immaginarlo. Questo immenso muro grigio sembrava fermare il mondo sul ciglio del vuoto.

Riky era venuto avanti e aveva detto: *Io sono Riky, ed ecco Soeur là vicino ai muli.* La donna abbassò lo sguardo sull'adolescente. Non durò che un istante, il suo sguardo penetrò in quello di Riky, e a lui sembrò, se ne ricorderà più tardi, che tutto si fermasse, che ci fosse come un ostacolo che tratteneva ogni luce e ogni movimento. Poi di nuovo tutto ridivenne mobile, vivente. Quella che lui e Soeur, per ordine di Père, chiameranno Mère, scese dal marciapiede e toccò per la prima volta il suolo sul quale lei doveva portare la rovina. Fece un balzo brusco all'indietro ed emise un grido: una locusta ambrata era appena uscita dall'ombra della corriera e si trascinava nella polvere tra lei e l'adolescente. Lui disse: *Non abbiate paura, queste luride bestie non sono pericolose.* E schiacciò l'insetto evitando con cura che schizzasse verso la donna. Tutt'intorno, la gente del villaggio sogghignava. Lei si voltò e camminò verso Père che finiva di fissare i bagagli sui muli. Fu soltanto quando fu vicina a lui: allora tutti si chiesero se era Père che era troppo vasto, massiccio, o se era lei che per la delicatezza dei suoi movimenti lo rendeva simile a un ammasso di terra e di pietre che si sarebbe messo in piedi dritto per schiacciarla. La gente del villaggio cominciò a scostarsi lentamente davanti alla coppia, e quella che Riky e Soeur avrebbero chiamata Mère vedeva sui loro volti induriti dal sole che a tempo debito non ci sarebbe stata presso questa gente né indulgenza né compassione, e che a tempo debito — perché quel tempo era, così sembrava, già iscritto in loro — l'avrebbero messa nella terra con la stessa naturalezza con cui il ragazzo aveva schiacciato l'insetto che se ne stava tra le ruote del carro. Père e la sua nuova moglie andavano avanti; Riky e Soeur li seguivano tenendo i muli carichi di bagagli. A passi lenti uscirono dal villaggio e si diressero verso lo sperone di roccia sul quale Père — ne erano passati di anni — aveva costruito la casa per ricevervi Maman. Il mare si levava di sotto, largo, piatto, incomprensibile per questa donna venuta dalle montagne. Si vedevano la spiaggia, e gli edifici della Base, gli hangar, le piste e gli alloggi dei soldati. Si vedevano, più lontano, la *pêcherie* con il suo piccolo porto e i muri di mattoni rossi della fabbrica di conserve.

Nel momento in cui la nuova moglie stava per entrare nella sua casa, Père la fermò. La sollevò tra le sue braccia, e, come aveva fatto con Maman — ne erano passati di anni — le fece varcare la soglia senza che Mère dovesse toccare il suolo per passare dalla luce del sole all'oscurità della sala. Mère sembrava stupita che questo uomo rude e silenzioso, con il quale aveva viaggiato sulla corriera senza che neppure per un attimo si occupasse di lei, cedesse all'improvviso a questa specie di usanza. Lei dondolò con vigore le gambe; così fu volando, si potrebbe dire, che Mère fece il suo ingresso nella casa di Père.

Andava di camera in camera, e mentre lei avanzava, Riky gettava dalla finestra le locuste che si trovavano un po' dappertutto attaccate al muro o sui mobili. *Non credo che le sopporterò*, disse lei a un certo punto. E salì al primo piano dove decise di stabilirsi, il più lontano possibile, in una stanza alla quale si poteva accedere per una scala esterna di legno. Père la lasciò fare.

Questa donna sembrava un po' spaventarlo. Forse rimpiangeva già di averla fatta entrare a casa propria. Forse presentiva già come tutto sarebbe andato a finire.

Un po' più tardi volle scendere lungo il sentiero per rendersi conto di che cosa era il mare. Non poteva credere che esistesse una tale quantità d'acqua tutta raccolta nello stesso posto. Soeur l'accompagnò sino alla spiaggia ed entrarono insieme nell'acqua. Mère non si spogliò. Si immerse fino alle cosce in quest'acqua sconosciuta. Poi volle sentirne il gusto e si stupì che fosse così amara. Il sole disparve dietro le montagne e Mère divenne triste. Si lasciò cadere sulla sabbia e cominciò a porre delle domande a Soeur a proposito di Maman, sua cugina, che lei non aveva conosciuto. Parlarono a lungo nell'ombra. A un tratto si avvicinarono alcuni ufficiali della Base e Mère capì, dal loro modo di scherzare con Soeur e di toccarla, in che poco conto la tenessero. Uno degli ufficiali si coricò sulla sabbia e posò la testa sulle ginocchia di Soeur. Un altro volle fare lo stesso con Mère, ma lei lo respinse rudemente, si alzò e risalì correndo il sentiero che portava a casa.

I giorni seguenti si limitò a osservare Soeur, Riky e Père. Li osservava furtivamente, stupita dal loro comportamento non meno di quanto lo era stata dalla scoperta del mare. E a poco a poco apparve sul suo viso un sorriso ironico e distante, un'aria di superiorità cattiva che non l'avrebbe più lasciata. Si ritirò nella stanza che aveva scelto al primo piano e passava il tempo sdraiata sul letto a patire il caldo. Non faceva niente. Aspettava. La sera scendeva ma restava poco nella sala; aveva paura degli insetti che uscivano la notte, attirati dalle luci, e questo disgusto rimbalzava su tutto ciò che la circondava. Père non rivolgeva mai la parola alla donna forestiera, e sembrava sorpreso, quando rientrava, di scoprirla nella sua casa.

Una sera, quando si trovò solo con lei, volle avvicinarla. Lei fece un salto e si rinchiuse nella sua camera. Père la seguì e, senza neppure verificare se aveva messo il chiavistello, con una spallata fece saltare la porta. Afferrò per la nuca colei che non aveva potuto toccare sino a quel momento, la fece sprofondare nei cuscini, e, pesando con tutto il suo corpo su di lei, tentò di prenderla come un cane avrebbe preso una cagna. Restò con lei sino all'alba, tenendola sempre, impedendole di muoversi, e tutto nel più grande silenzio, tenendola e chiudendola in una stretta della quale lei tentava di liberarsi, tenendola avvilita contro di sé, pesante, silenzioso, pieno di disprezzo, pretendendo di possedere qualcosa che gli sarebbe stato dovuto e che non poteva prendere, pieno di desiderio di penetrare questo incomprensibile essere assente, penetrare e penetrare questo corpo che non poteva possedere. Quando il giorno cominciò a gettare riflessi pallidi sulla testata del letto, uscì dalla scala di legno, respirò guardando il mare e poi tornò nella camera. Sprofondata nei cuscini, lei non si muoveva. Si inginocchiò vicino al letto e passò la sua mano rugosa sul corpo di quella donna forestiera che i primi chiarori del giorno rendevano luminoso, quasi fosforescente. Poi si rimise in piedi; l'enorme peso si appoggiò al letto, infine si allontanò. Lei lo udì scendere per la scala esterna.

In seguito a quella notte in cui non fu posseduta, Mère visse nella paura e nella repulsione. Evitava Père, spariva quando lo sentiva arrivare, si fermava nella sua camera dei giorni interi, sempre sul chi vive, pronta a saltare dal letto e a fuggire attraverso la scala di legno quando l'uomo si avvicinava. Un'altra volta riuscì a metterle le mani addosso, e ancora una volta lei dovette subire la sua incapacità. Poi rinunziò a toccarla. Fece come se non esistesse. E Mère fece come se non lo vedesse. Ma un nocciolo compatto indurì in lei. Questa tensione si traduceva in un costante sorriso di amara ironia. Questa piega si installò sulla sua bocca, deformò il suo viso, non la lasciò più. E tutto quello che poteva alimentare il suo disgusto contro la sorte che un oscuro commercio consuetudinario le aveva imposto, lei lo riceveva con una soddisfazione astiosa. E questo astio, paziente, riflesso, che lentamente attecchiva in lei, si raccolse su quello che a poco a poco ne rappresentò il simbolo: l'ossessionante moltiplicazione delle locuste e la loro crescita che nessuno poteva fermare. La paura la paralizzava. Gridava. Riky accorreva. Dopo il primo sguardo scambiato con questa donna apparsa sulla porta della corriera, o piuttosto dopo quel primo sguardo che lei aveva senza pensarci affondato in lui, Riky continuava a cercare negli occhi di quella che chiamava Mère il lampo nero che ne aveva ricevuto. Ma lei sembrava vedere appena l'adolescente, evitava il suo sguardo largo e interrogativo aperto su di lei. Lo chiamava vicino a sé solo per uccidere insetti, uccidere e ancora uccidere.

Un calore umido rallentava ogni manifestazione di vita; persino i gridi delle locuste sembravano meno stridenti, come smorzati dallo spessore dell'aria sospesa. Schiacciata sul suo letto, Mère era bagnata per l'umidità. A qualche centimetro dalla sua testa, una locusta si teneva attaccata al muro. Era l'ora in cui Riky di solito se ne andava con i muli a raggiungere gli entomologi. Mère lo chiamò. Mai sino a quel momento uno di quegli insetti era penetrato in quella camera in disparte le cui finestre erano state accuratamente chiuse con una rete metallica. La locusta contrasse le placche ed emise il segnale facendo descrivere alle antenne due quarti di cerchio divergenti. Il ragazzo era lì immobile in controluce. *Uccidila, presto, ti supplico, uccidila!* Riky si era fermato sulla soglia della camera. Guardava Mère. Vedeva il suo corpo sotto il tessuto. L'umidità dell'aria l'aveva fatto aderire, e Riky voleva e non voleva vedere ciò che la sua immaginazione stava per rubare al corpo della donna di suo padre. Lei se ne stava irrigidita, supina; e voltò al rallentatore la testa verso Riky e fermò su di lui il suo sguardo. Lo sforzo che lei faceva per sembrare immobile rendeva il suo viso asimmetrico, lo sguardo era obliquo e la bocca sorrideva un po' da un solo lato. Poi con la stessa lentezza si voltò e fissò di nuovo l'insetto sopra di lei. Contraeva a una a una le sue placche, e, mentre Riky si spostava verso di esso, roteava impercettibilmente. Riky ebbe un'esitazione. Come afferrare l'insetto senza avvicinarsi a Mère? Come afferrarlo quando quella porcheria si trovava attaccata in modo che per raggiungerla bisognava, da una parte o dall'altra, posare obbligatoriamente le ginocchia sul pagliericcio e sporgersi sopra Mère? Si immobilizzò. L'insetto lanciava ora brevi segnali d'allarme. Riky vedeva chiare le due escrescenze incrostate nelle placche sfregarsi per produrre quei brevi stridori. Lei lo supplicò: *Fa' presto. Uccidila.* Riky esitava. Da quale parte passare? Alla fine decise di costeggiare il muro. Così evitava di trovarsi tra la finestra e il letto, poiché aveva paura di posare anche soltanto la propria ombra sulla donna di Père.

All'improvviso, si voltò e lasciò la camera. Discese correndo per la scala di legno, lungo la facciata bianca. La sua pelle era di fuoco; era come se avesse toccato con la sua pelle la pelle di lei perché, senza averla avvicinata, era appena entrato per la prima volta nei limiti interdetti del suo profumo di donna.

6

Si rifugiò nella scuderia dove restò per un po', con la guancia appoggiata alla spalla del suo mulo. Quella spessa e calda presenza mescolata all'odore dello strame lo calmava. Il mulo girò la testa dagli occhi troppo dolci. Imbarazzato dalla dolcezza del suo sguardo, Riky si mise a strapazzarlo. Lo spinse senza ragione nell'ombra soffocante della scuderia e, quando si sentì afferrare bruscamente, non capì subito chi lo teneva così duramente e lo scuoteva in silenzio. Si dimenava nel box stretto contro il mulo che scalpitava nitrendo. E soltanto nel momento in cui riuscì a gettare a terra il suo aggressore capì che aveva appena lottato con Père nell'ombra della scuderia. Père si rialzò tenendosi il labbro. Sanguinava. Riky fuggì. Corse sino alla spiaggia e nuotò dritto davanti a sé il più lontano possibile. Ritornò che era calmo.

Soeur l'attendeva in disparte in casa. *Vieni*, disse lei, e lo trascinò nella scuderia. I muli erano terribilmente nervosi. Lei si strinse contro di lui. Lui disse: *Non temere niente, ora io non ho più paura.* Lei se ne stava contro il suo petto, il viso alzato, dolce, calmo. Dopo la morte di Maman non restava loro niente di quella condizione infantile che li aveva autorizzati a giocare come giocano i gattini. Dopo quello che era appena successo con Père, provavano il desiderio forte di rifugiarsi l'uno presso l'altra, questa volta da adulti, quasi da estranei. Più tardi, lui disse: *Io temo ciò che viene da lei.* Erano ora nel soppalco, sopra i muli. L'aria bruciava. Solo i box erano rischiarati da esili tratti di luce, e, di là dove si trovavano, distinguevano, viste dall'alto, le groppe larghe e ben messe delle due bestie. A tratti il mulo grande tendeva il collo e soffiava nella loro direzione. Riky cercò nell'ombra lo sguardo di sua sorella. Soeur disse, suadente: *Lei è con noi.* Lui disse: *Io non voglio che lei sia con noi. Lei deve restare con lui. Ed è perché è contro Père che io la temo.* Sfregava le sue falangi omicide pensando con repulsione ciò che il suo pugno aveva fatto vacillare: *Se cessa di spezzarmi, sarò io a spezzarlo.* Lei venne contro di lui. Disse: *Tu non devi rifiutarla, tu devi accettare che lei sia con noi.* Lui la respinse e cominciò a scendere la scala. A metà, si fermò; solo il busto emergeva dalla botola. Disse: *Dobbiamo abbandonarli a loro stessi.* Scese gli ultimi scalini e sparse del fieno nelle mangiatoie. Sopra di lui, sul soppalco, Soeur piangeva. Lui si sentiva pieno di furore ma i suoi gesti erano dominati, tranquilli, mentre ritirava dal fieno, a uno a uno, gli insetti ambrati che vi si erano mescolati.

Verso la fine della mattinata, incrociò Père nel cortile. Scoperse con orrore che il suo viso era tumefatto e il suo labbro superiore spaccato. Passarono uno accanto all'altro, senza guardarsi. Père discese il sentiero verso la spiaggia, pesante, lento, massiccio e dritto, ma qualche cosa di indebolito si trascinava dietro di lui ora, un allentamento invisibile. Riky ne fu spaventato. La vera ferita non era quella della carne, la ferita era l'indebolimento che aveva colto, e questo non poteva perdonarlo a Père. Questo indebolimento chiamava più sicuramente della violenza bruta un'altra forma di violenza. Tuttavia, quando quella sera Père rientrò, Riky constatò che più niente di quell'indebolimento rimaneva. Père gettò le lenze in un angolo del cortile e, come di solito, appese le sue prede della giornata davanti alla porta. La sua faccia conservava ben visibili le tracce del colpo ricevuto, e anche il labbro si era terribilmente gonfiato, ma lui se ne stava fermo e distante tra i suoi. Entrò nella casa e prese il suo posto sotto la lampada il cui paralume di ferro, rinviando su di lui crudamente la luce, sottolineava il gonfiore del labbro. Mère e Soeur andavano e venivano scambiandosi sguardi inquieti. Come d'abitudine, Père aprì il suo coltello e tagliò accuratamente il solito numero di fette di pane. Riky se ne stava con gli occhi abbassati sui suoi pugni scorticati che aveva posato sulla tavola. All'improvviso si sentì pronunciare con voce sorda: *Devo andarmene*. Père chiuse il suo coltello, e Riky ebbe l'impressione che la massa compatta si immobilizzasse nell'attesa, esattamente come facevano le locuste nel momento del pericolo, contraendo tutte le placche che armavano il loro corpo. Ancora una volta, ma brevemente, seppe che, sotto la sua corazza, il carro armato paterno cedeva. Questa perdita non durò più dell'urto del coltello sul tavolo. Già la volontà massiccia si raccoglieva sulla propria sicurezza, la colonna di pietra se ne stava ferma, definitiva. Disse: *No*. Riky vide il labbro formare la parola — il labbro che aveva colpito e che una crosta di sangue seccato rendeva simile a un labbro leporino nero. Riky fu confortato da quel *no*. Non domandava che di sottomettersi. In quel *no* si rifugiò immediatamente. Avrebbe voluto piangere. Père lo liberava di un avvenire che faceva paura. Père si caricava di presagi. Riky pensò a quello che aveva detto alla donna bionda a proposito di Mère: *Mi tormenta. — Chi ti tormenta, mio povero Riky? — Lei. Dopo che Père è ritornato insieme a lei, io so che devo andarmene. — La donna che scende con tua sorella sulla spiaggia tutte le sere? Ha l'aria così dolce e sottomessa.* Lui aveva scosso la testa senza rispondere. La donna bionda aveva posato la mano sul suo collo e proprio mentre l'attirava a sé, lui aveva detto: *Lei è terribile. — Ma è tuo padre che ha l'aria terribile. — È lei che è terribile*, aveva ripetuto Riky.

Ora nella sala non risuonavano che i gridi brevi delle locuste. La luce ne aveva attirato molte e Riky si tratteneva dall'alzarsi a distruggerle. Un po' sulla destra di Père, a qualche passo indietro, vedeva Mère; in piedi al bordo del cerchio di luce che cadeva dalla lampada, lei si era immobilizzata, fragile, posata su quel filo di ombra e di chiarore. Guardava Riky, e, come quel primo giorno quando aveva esitato a scendere dalla corriera, si impossessò dello sguardo dell'adolescente. Ci fu un arresto del tempo e di ogni luce. Poi tutto si rimise in movimento: Soeur passò e depose sul tavolo i cibi che teneva, Mère si voltò, entrò dolcemente nell'ombra dello sfondo e ne uscì per servire Père. Riky morse, masticò e inghiottì qualcosa che gli parve insipido e intiepidito. Il quotidiano si richiudeva intorno a loro. Père rimise il suo coltello in tasca e si alzò. Disse, rivolgendosi a Soeur: *Riky pulirà i pesci e voi li venderete domani alla Base.* Nel momento in cui passò davanti a Riky, lo sfiorò con un breve sguardo e disse queste parole: *Io ti impedirò di sfuggire.* E uscì.

Gli entomologi misero in ordine i loro materiali, ripiegarono le loro tende, e il pesante elicottero dell'esercito li portò via. Riky lo vide alzarsi e sparire dietro le montagne, sapendo che ora niente poteva allontanarlo né salvarlo da quello che confusamente temeva. Restò a vagare sulla spiaggia, là dove si vedevano le tracce del campo. Era stato tradito, aveva creduto... sino all'ultimo momento aveva aspettato un segno della donna bionda che lo doveva incitare a nascondersi nella carlinga tra le casse di campioni e gli strumenti. Lei lo aveva abbandonato su questa riva senza stagioni dove solo la brusca scomparsa delle locuste segnava la fine dell'estate e la paurosa prospettiva di un nuovo inverno. Sapeva che sotto terra, là dove battevano gli zoccoli del suo mulo, senza essere né viste né danneggiate, le migliaia di uova introdotte dalle locuste si sarebbero spaccate e avrebbero lasciato colare al fondo della terra informi larve cieche. E desiderò che il loro numero fosse tale che la terra scricchiolasse, che non potesse contenere l'ampiezza del flagello, che tutto fosse sommerso. Prima di partire, gli entomologi gli avevano come al solito dato una somma in premio e alcune stecche di sigarette, vestiti usati e conserve. Due grandi sacchi erano rimasti all'ombra della falesia, nell'area della tenda della donna bionda. Li caricò di traverso sulle selle dei muli, e risalì per il sentiero che portava a casa. Depose i sacchi nella sala, mise il denaro sulla tavola, là dove Père era solito sedersi, condusse poi la mula nella scuderia dove la liberò della sella e la lasciò davanti a una mangiatoia piena. Saltando sul mulo grande, partì al galoppo lungo la spiaggia, dritto verso ovest. Passò i bracci del corso d'acqua, e, forzando il mulo che la mollezza della sabbia estenuava, cavalcò fino a che la bestia cominciò a emettere un soffio rauco. Aveva da molto tempo sorpassato gli stabilimenti di mattone della *pêcherie*. Davanti a lui si apriva una successione di spiagge tagliate da capi piatti. Spinse il mulo nel mare e l'immobilizzò quando l'acqua gli arrivava a metà del pettorale. Tutti e due erano coperti di schiuma e di bava. Il mulo tremava di sfinimento. Dal suo petto usciva un rantolo. Riky si curvò sul collo tozzo, il volto nella criniera di cui sentiva la consistenza ruvida sulle labbra.

Lentamente la bestia riprese respiro. I suoi muscoli vibravano tra le cosce dell'adolescente, in modo discontinuo, ora. Il cielo bianco si confondeva con l'orizzonte. Le lunghe rive deserte sembravano senz'ombre e senza rilievi. Qualche roccia trapuntando la superficie vuota dell'acqua disegnava come delle linee di fuga nello spazio. Il mulo e il suo cavaliere sembravano posati su questo spazio vetrificato, come presi a metà del corpo da un gran gelo.

A un tratto, delle pieghe si formarono attorno a essi, il mulo ruotò su se stesso e senza affrettarsi uscì dal mare. Riky aveva abbandonato le redini. A passi regolari si diresse verso est, ripercorrendo le spiagge una dopo l'altra, con un'andatura tetra, rassegnata. Ripassarono davanti ai muri rossi della fabbrica di conserve. Riky riprese le redini, e il mulo deviò, penetrando nel cortile puzzolente dove si ammassavano in diversi cumuli gli scarti di pesce da cui ottenevano del concime. Delle spalatrici smuovevano questo marciume per caricarlo sui camion. Nessuno faceva attenzione a quel cavaliere immobile. Più lontano si apriva il piccolo porto dove qualche nave della società delle *pêcheries* attendeva di prendere il mare. Alcuni uomini passeggiavano sui moli. Riky saltò dal suo mulo e, tenendolo per le redini, si diresse tra i cumuli puzzolenti verso alcuni uffici dalle pareti a vetri. Qualcuno alzò la testa quando bussò. Un uomo uscì e posò la mano sul collo del mulo che si mise a esaminare. Disse: *Niente da fare, ragazzo mio! È una bestia troppo sana per macellarla e farne delle esche.* — *Avete capito male*, disse Riky, *non è lui che voglio vendere, sono io.* L'uomo girò attorno al mulo. Disse: — *Ma questo mulo non appartiene agli ufficiali della Base?* — *È mio*, disse Riky, *ma gli ufficiali se ne servono come di Soeur e della mula.* Alcune segretarie erano uscite, non assomigliavano alle donne del villaggio. Carezzavano il muso del mulo e indietreggiavano di colpo quando lui cercava di prendere con le labbra le loro piccole dita dalle unghie laccate di rosso. L'uomo disse: *Ah, ho capito chi sei.* E voltandosi verso le segretarie: *Suo padre ci ha venduto due vecchi ronzini che è venuto lui stesso ad abbattere e che ha squartato dietro nel cortile.* Diede un colpo sulla groppa del mulo: *E ho capito chi è tua sorella, ragazzo mio. No, non c'è posto per te, qui.* Riky saltò in sella e, colpendo con i talloni, partì al galoppo tra i cumuli dei rifiuti. Passò i bracci del corso d'acqua e ritrovò con piacere la lunga spiaggia e la sabbia che gli era familiare.

Quando arrivò vicino alla Base, vide Souer e Mère circondate da diversi soldati. Tenevano la mula, e il tenente aiutava Mère a montare. Sino a quel momento, Mère si era sempre astenuta dall'avvicinarsi alle bestie, le temeva. Ma ecco che era in sella e che il tenente biondo, tenendo la mula per il morso, la faceva trottare in tondo. Mère lanciava dei gridi acuti mentre il tenente accelerava l'andatura. A più riprese fu sul punto di essere disarcionata ma poi si riprendeva ridendo. Soeur correva contro la mula, una mano posata sul ginocchio di Mère. Riky si era fermato lungo il filo spinato.

Quello che vedeva lo irritava. Pensava: Anche lei, anche lei... (*Ah, ho capito chi sei*, aveva detto l'uomo della società delle *pêcheries*, *e ho capito chi è tua sorella, ragazzo mio...*) Soeur era appena saltata in groppa, dietro Mère, e, strappando le redini dalla mano del tenente, aveva messo la mula a un trotto rapido e danzante: lei spingeva e tratteneva nello stesso tempo la mula che storceva il collo e si curvava leggermente sul treno posteriore . Il tenente corse un attimo alla loro altezza, poi le abbandonò, restando solo, staccato dal gruppo degli altri ufficiali a guardare le due giovani donne sospese sulla bestia pallida dal pelo quasi rosa.

Diventavano piccole lontano e poi riavvicinandosi le loro forme si precisavano di nuovo. La mula folleggiava, non andava diritta, procedeva a salti leggermente obliqui, sia da una parte sia dall'altra, come se qualcuno l'avesse preparata a questa sorta di danza. Un po' di traverso sulla sella, Mère si aggrappava alla criniera mentre Soeur, a pelo sulla groppa della mula, teneva le redini con una mano e con l'altra teneva Mère che a ogni sobbalzo cambiava posizione; così le due giovani donne si trovavano sempre un po' più in disequilibrio. Da ambo le parti, le staffe vuote battevano il ventre della mula. Passavano in mezzo al gruppo di soldati, descrivevano una curva e ripartivano lungo il mare. Il tenente aveva provato a fermarle, ma, nel momento in cui era riuscito a toccare il collo della bestia, era caduto sulle ginocchia e così era rimasto, ridendo, mentre le due cavallerizze e la loro cavalcatura apparivano di nuovo piccole piccole dalla parte del magro delta in secca.

Bruscamente Riky se n'era andato. Aveva appena lanciato il suo mulo a destra attraverso la spiaggia quando il tenente toccò la mula senza riuscire a trattenerla. Passò al galoppo così vicino a lui che la sabbia che schizzava dagli zoccoli lo imbiancò di colpo. Gli altri militari accorsero. Si arrestarono meravigliati di ciò che compiva l'adolescente: al contrario di come si usa dire, non faceva una cosa sola con la sua cavalcatura, ma sembrava piuttosto volare, sdraiato sull'aria con la grazia di un uccello. Raggiunse le due giovani donne, girò intorno a loro, restrinse i suoi cerchi mentre la mula, come per provocare il mulo e il suo cavaliere, cambiava tutti i momenti la direzione, presentando ora un fianco ora l'altro.

La danza dei due animali si arrestò lontano: un gruppo immobile si era appena formato. Poi ci furono dei movimenti indistinti che cambiarono la forma generale dell'insieme, e la cavalcata riprese. Ora la mula portava solo un cavaliere mentre sul mulo, tenuto a un piccolo trotto altezzoso, se ne stavano l'adolescente e la donna. Riky aveva fatto sedere Mère davanti a lui all'amazzone. Lei rideva battendo le gambe contro i fianchi del mulo. Riky, lui, non rideva. Il suo volto era pallido per la rabbia. Il gruppo costeggiò il mare in un arcobaleno di acqua nebulizzata. Riky teneva contro di sé quella donna che temeva, ne aveva ritrovato il profumo. Per la prima volta da quando era discesa dalle montagne, si trovava a contatto fisico con lei. La violenza di ciò che si insinuava in lui lo spaventava. Tutta presa dal fatto di sentirsi portata, sospesa in aria, ancora sovreccitata per quella corsa disordinata sulla mula, Mère non sembrava rendersi conto che Riky la teneva in sella contro di sé. Cavalcare bastava a occupare il suo spirito di uno stupore gioioso. I soldati della Base ora accorrevano; c'era il tenente dalle lunghe gambe e dalla mèche di un biondo-grigio. Alcuni fermarono la mula di Soeur per la briglia, altri deviarono verso Mère e Riky aprendosi in un vago, incerto semicerchio. Ma Riky diede di tallone. Il mulo balzò tra gli uomini, galoppò sulla sabbia dura che orlava il mare. Dopo aver compiuto un giro finì per fermarsi davanti al tenente. Mère non rideva più. Riky teneva le redini più corte. Il mulo torse il collo, l'occhio sporgente e nero come un frutto bagnato.

L'adolescente fece voltare la sua cavalcatura e si lanciò al galoppo sul sentiero verticale che portava alla casa in cima allo sperone roccioso fuori del villaggio.

7

Senza una parola aveva deposto Mère sul primo gradino della scala di legno ed era ripartito verso la scuderia. Nell'ombra si sentì più calmo. Tolse al mulo le briglie e la sella accarezzando la fronte a rombo di cui sentiva l'osso piatto sotto la pelle. Parlava dolcemente all'animale che cercava di voltarsi, inquieto per questa improvvisa tenerezza. Ma Riky continuò a tenere contro la sua guancia la testa pesante, e a poco a poco la bestia si distese, le labbra presero dalla mangiatoia un ciuffo di fieno che era più alto e, nel silenzio della scuderia, la lenta e regolare pressione delle mascelle si fece sentire, e questo rumore contro la tempia di Riky lentamente lo calmò. Da quanto tempo era così, perduto nell'ombra, senza pensare a nulla, intorpidito, guancia a guancia con il suo mulo, quando la seppe là, dietro di lui? Non si mosse. Lei non faceva alcun rumore. Si era avvicinata scivolando, e solo la luce riflessa da fuori, modificata un istante dal suo passaggio e dal suo fermarsi nel vano della porta, indicava la sua presenza vicina. Il mulo voleva liberare la testa dalla stretta dell'adolescente, aveva girato di colpo le lunghe orecchie e si era messo a soffiare. Ma Riky lo teneva fermo e il mulo dovette dare un colpo brusco con il collo per strapparsi dalle sue mani. In effetti, lei era là, in controluce, le braccia aperte, appoggiata da una parte e dall'altra dell'apertura luminosa. Riky non vedeva il suo viso né alcun dettaglio del suo corpo; sembrava ancor più esile di quanto fosse nella realtà; il suo profilo intaccato da ogni parte dalla luce era incerto, benché ricordasse nello stesso tempo, per la sua esitazione e per quel modo di starsene sulla soglia, l'apparizione che aveva così fortemente segnato Riky il giorno che l'aveva vista per la prima volta, esitante, ferma sulla porta della corriera polverosa. Si ritrasse verso il fondo del box mentre lei avanzava verso di lui. Lei disse: *Perché tu sei contro di me?* E lui: *Tu non devi essere contro di lui.* Era entrata nel box e ora si trovavano in piedi l'uno vicino all'altra contro la spalla del mulo che si era rimesso a tirare dei ciuffi di fieno che masticava rumorosamente. Lei disse: *Io non lo volevo.* Lui non riconosceva la sua voce la cui abituale ironia gli era così sgradevole. Lei disse ancora: *Perché ti sottometti a lui? E perché vuoi che io mi sottometta? Io voglio restare estranea a lui, a te, a voi tutti. Vi guardo e ho paura; tu, Soeur, e lui, vi guardo e non capisco perché sono qui in mezzo a voi tre.* Lui esitò e disse: *Allora devi andartene. Tornatene a casa tua.* La sua voce tremava, per questo i suoni erano incerti e si modificavano da una parola all'altra. Lei lo toccò sul petto, un po' come se fosse stata cieca e avesse voluto essere rassicurata che lui era là. Disse: *Casa mia è dove dormo; sono come questa bestia, salvo che colui che mi vuol montare non otterrà mai niente da me.* Lo toccò di nuovo molto leggermente sul petto: *E tu, tu non devi, perché sono qua, diventare il suo cane da guardia.* Si girò e fuggì. Ci fu nella scuderia un furtivo cambiamento della luce: aveva appena varcato la soglia, e quando Riky uscì a sua volta la vide che scendeva correndo il sentiero scosceso. Restò un momento incerto, pieno di rabbia contro questa donna la cui selvatichezza lo turbava. Di là dove si era fermato sentiva dei piccoli gridi, come una schiuma di suoni attenuati che salivano verso di lui. Vedeva, ridotte dalla distanza e dalla prospettiva dall'alto, le sagome sfocate degli ufficiali, e quella di Soeur che Mère raggiunse. Il sole basso ora proiettava le loro ombre, le stirava verso est come degli aghi sottilissimi e mobili che qualcosa di pallido attirasse: di nuovo tutto si riunì attorno alla mula il cui pelo si confondeva con il pallore della sabbia e che solo la sua ombra, più voluminosa, così alta su quattro fili in movimento, permetteva di distinguere a quella distanza. No! Non tollerava che il tenente e gli altri soldati trattassero Mère come da sempre trattavano Soeur. Sì! Se ce n'era bisogno, per lei sarebbe stato il cane da guardia; avrebbe fatto rispettare lui la proprietà di Père, poiché Père sembrava disinteressarsi di quella sua proprietà.

Quella sera lui disse, senza rivolgersi a nessuno ma parlando per Mère che come al solito serviva con Soeur, senza alzare gli occhi dal suo piatto: *Io sarò il cane da guardia, se ce n'è bisogno*. Questa frase uscita dal silenzio cadde su tutti loro e li immobilizzò all'improvviso nel cerchio di luce disegnato dalla lampada. Père si irrigidì, in attesa. Poiché non vennero altre parole, si voltò un po' verso le due donne dietro di lui: *Che cosa dice?* Soeur retrocesse lentamente; il suo volto poi il suo busto entrarono nell'ombra in secondo piano mente Mère al contrario avanzava vivacemente sino a toccare il tavolo. Disse, provocatoria: *Tuo figlio sostiene che sarebbe bene che tu mi sorvegliassi di più*. Père restò qualche secondo indeciso. Queste parole l'avevano confuso. Chiuse il suo coltello, lo posò senza rumore sul tavolo, e Riky ebbe l'impressione che suo padre si rannicchiasse un po', che la colonna di pietra perdesse la sua rigidezza. Lo stesso indebolimento che aveva impressionato Riky dopo quello che era avvenuto con Père nella scuderia, quello stesso cedimento aveva appena avuto luogo. Come se Mère avesse colpito Père di un colpo invisibile in piena faccia. Posò le mani sulla tavola e si sporse un po' per dare più espressività alle sue parole: *Mentre tu ti allontani, io me ne vado dove mi pare e questo non piace a* nostro *figlio, che la* tua *donna faccia quello che le pare mentre tu ti trovi lontano. Oggi tua moglie si è divertita dove tu hai spinto tua figlia a divertirsi, e domani senza dubbio mi divertirò ancora dove si diverte tua figlia e dopodomani di nuovo e nessun cane da guardia me lo impedirà, non più di quanto tu stesso possa impedirmelo.* Mentre parlava, le sue mani si erano a poco a poco chiuse così che ora si appoggiava sui due pugni piccoli e nervosi. Si teneva rigida e respirava producendo un soffio leggero. Père attese un attimo durante il quale Riky ebbe l'impressione che l'uomo di pietra scricchiolasse e si spaccasse sul posto. Lentamente si girò, cercando dietro di sé Soeur che se ne stava nell'ombra, fuori del cerchio che proiettava il paralume di ferro. Parlò con una voce che calava, veniva meno: *Che cosa dice? Di che cosa parla? Non capisco niente di quello che dice.* Con un gesto incerto tastò la tavola intorno al suo piatto come se di colpo non la vedesse più. Alla fine le sue dita sentirono il coltello, lo afferrarono e, sempre con movimenti incerti, cercarono da una parte poi dall'altra della sua giacca incrostata di sale una tasca per riporvelo. Mère insisteva. Ma è a Riky che si rivolgeva: *Chiedigli perché non potrà mai sottomettermi. Lo sa perché non ci riuscirà mai.* Fece un passo indietro, poi un altro: il suo volto uscì dal cerchio di luce, tagliato a filo del collo dall'ombra del paralume di ferro: *Di' a tuo padre che io non lo temo. E che quello che ha tentato di prendermi con la forza non gli appartiene perché ciò che è preso con la forza non può essere posseduto.* Di colpo Père si era alzato. Aveva detto: *Che faccia quello che le pare.* Passò davanti a Soeur, aggiungendo: *Di' a tuo fratello che non si impicci delle mie proprietà.* Uscì. Lo sentirono nel cortile che prendeva le sue lenze e la lampada a carburo che accese. Riky ebbe uno slancio per raggiungerlo, ma quando fu fuori vide la luce bianca dondolare a metà pendìo del sentiero che portava alla spiaggia. Si disse: Sono davvero il suo cane? E si mise a correre. Ora la piccola luce doveva già essere posata sul davanti della barca a prua; si muoveva a strappi e si allontanava seguendo le boe che delimitavano la zona marittima degli accessi alla Base. Riky si fermò davanti all'acqua e restò immobile nel buio a seguire con gli occhi la luce che diventava più piccola. Poi non udì più il motore e non vide più la luce.

Per prima cosa sentì l'odore poi distinse a qualche metro il punto incandescente di una sigaretta. Seppe che era lui senza aver bisogno di vederlo, come non aveva bisogno di vedere Père, Mère o Soeur per riconoscerli nella notte più opaca. Retrocesse senza fare rumore e si accoccolò un po' lontano nella sabbia. Il tenente passò e ripassò, silenzioso. La cenere della sigaretta volò e si spense nel mare. Accese un'altra sigaretta e continuò il suo va e vieni nel buio seguendo il filo della battigia. Fa la posta, pensò Riky, fa la posta a Soeur, a meno che... Ma non lasciò che l'idea si completasse in lui. Si rialzò di scatto e si girò. Gli pervenne un mormorìo leggero. Alcune pietre rotolarono sul sentiero. Ci fu un ridere soffocato. Pensò: Dunque anche lei, anche lei! Improvvisamente fu preso da un sentimento di pietà per l'uomo solitario che si allontanava sul mare con la sua piccola luce che puzzava di carburo. Le due donne passarono così vicino a lui che avrebbe potuto fermarle senza dover allungare le braccia. Non si mosse. La sabbia scricchiolava leggermente sotto i loro piedi, e lui sentì e credette anche di sentire su di sé il soffio del loro respiro. *Ah, finalmente!* disse il tenente. — *Lei non sarebbe venuta*, disse Soeur, *ma l'hanno talmente spinta che...* — *Lascia perdere...* disse con vigore Mère. — *Vediamo*, disse il tenente, *se sei venuta è...* — *Sono venuta perché sono libera di andare dove mi piace.* — *Va bene, ora sei dove ti piace.* — *Lasciatemi*, disse Mère con rabbia. *Sono venuta perché voi sappiate che niente me lo può impedire, tranne me stessa. Né il figlio né il padre possono impedirmelo...* — *Che cosa racconta?* chiese il tenente. Ed ebbe quel ridere un po' superiore, un po' incerto dell'uomo che non sa bene come comportarsi quando una donna replica con uno stile che non ci si aspetta. *Andiamo!* E le portò lungo il mare in direzione della garitta la cui finestrina a rombo era debolmente illuminata. Riky si disse: Faccia come le piace. No, tu non sarai il suo cane da guardia! E voltando la schiena alla Base risalì il sentiero verso casa. Quando si trovò a metà del pendìo, sentì contro la caviglia qualcosa di morbido. Raccogliendo il foulard leggero nel suo pugno, lo strinse contro di sé. Era come l'ombra profumata della sua pelle. Corse premendo sempre contro la bocca la stoffa che il suo respiro, inumidendola, rendeva ancor più profumata. Si gettò sul letto e restò un lungo momento immobile. Nella scuderia, dietro la casa, i muli battevano gli zoccoli. Dei poveri cani abbandonati abbaiavano dalla parte del villaggio. L'uomo in mare gli apparve con la sua piccola lampada; lo vedeva solo sulla sua barca, debole, senza difesa, vedeva l'ascia ai suoi piedi che l'acqua morta al fondo della barca copriva e scopriva.

Loro parlottavano nel cortile. La scala ebbe degli scricchiolìi. Lui le sentì ridere e fare piccole esclamazioni soffocate. Salirono nella camera di Mère e lui dovette sopportare a lungo le loro risate. A un certo punto uscì nel cortile e si arrampicò silenziosamente sulla scala esterna. La porta della camera era chiusa, ma le imposte della finestra non erano tirate. Sporgendosi un po' fuori della piccola piattaforma di legno, che serviva insieme da balaustra e da balcone, si vedeva una piccola parte del letto, un mobile sul quale Mère posava i suoi gioielli e altri oggetti. Un po' più lontano un armadio a specchio rifletteva di sbieco, e soltanto in parte, le due giovani donne. Soeur era appoggiata col gomito sul letto: Riky la vedeva di schiena. Mère gli era di fronte ma lui non ne vedeva che una piccola parte di spalle e solamente di tanto in tanto il suo viso tagliato in due quando si sporgeva per scrollare la cenere di una sigaretta che fumava con gesti maldestri. Le osservò un momento. La loro allegria e soprattutto le precauzioni che sembravano prendere per non essere ascoltate gli fecero pensare che Mère fosse sul punto di sottrargli anche Soeur, di allontanarla da lui. Cosa che, i giorni seguenti, gli fu confermata da Soeur stessa. Tornavano tutti e due dalla Base con i muli; come di solito camminavano tenendoli per le briglie. Nel momento in cui attaccarono il sentiero, Soeur disse: *Tu non dovresti.* Riky non rispose. Lei insistette, c'era nella sua voce qualcosa della supplica e qualcosa della sfida: *Tu lo sai, Père non ti vuole. Quello che tu hai detto l'altra sera mi ha fatto male, e quello che ti ha risposto mi ha fatto male.* Riky si fermò, e i muli, avendo fatto ancora un passo si trovarono di colpo tra loro. La luce si abbassava, il sole era scomparso dietro l'orizzonte e, toccando le loro teste, si sarebbe detto, delle nuvole rosa, quasi di carne, passavano, mantenendo il proprio colore. Riky scostò i due animali: la luce che ora declinava veloce colorava i loro contorni. Lui disse: — *Perché tu l'hai portata con te l'altra sera?* — *Non sono io che l'ho portata con me, ma tu che l'hai spinta, lo sai bene.* Di colpo la luce divenne verde e le nuvole sopra di loro persero di colore. Il mare più in basso non rifletteva niente del cielo. Pareva d'asfalto e non sarebbe sembrato strano vederci passare sopra dei camion. Lui disse: *Ho paura di non temerlo più; io voglio temerlo: non voglio che lei lo indebolisca.* Si faceva buio ora, solo le teste dei muli che salivano e scendevano attiravano ancora un po' di luce. *Io non sopporto che lei ti segua alla spiaggia.* Lei disse: — *È selvaggia come lo era Maman... Solo che lei non accetterà mai di lui quello che Maman...* — *Zitta!* Urlò Riky. E si mosse, tirando con durezza i muli dietro di sé.

Trovò Père solo, seduto davanti alla tavola. Il suo vecchio libro rilegato in pelle era aperto davanti a lui. La luce giallastra riflessa dal paralume di ferro rischiarava la sua nuca. E ancora una volta Riky fu colpito dalla paurosa fragilità che emanava da quest'uomo massiccio, da questa schiena possente che gettava sul suolo un'ombra netta e dura. Riky restava sulla soglia, fissava quella schiena, quella nuca: gli sembrava aspirato da un vuoto terrificante. Père sapeva che suo figlio era dietro a lui. Qualcosa nella sua immobilità mostrava che si sentiva esposto. Ma non si voltò. Riky avanzò lentamente ed entrò nel cerchio di luce. Disse: *Père*. Père non si mosse. Una seconda volta disse: *Père*, ma Père non lo voleva sentire. Nel momento in cui stava per uscire di nuovo, Père si voltò verso di lui. Si rivolse direttamente a Riky — non lo faceva quasi mai: *E allora, che cosa vuoi?* E gli aveva di nuovo voltato le spalle. Riky uscì nel cortile. La notte era buia. L'istante nel quale suo padre si era rivolto a lui, Riky aveva visto il suo viso nudo e lo aveva appena riconosciuto. Di sfuggita, come per un effetto di trasparenza, un altro viso era apparso sotto i tratti rozzi dell'uomo di pietra. Fu talmente breve che occorse un momento perché Riky ne prendesse coscienza. Questa volta era negli occhi di suo padre che aveva sorpreso il terribile indebolimento, quel così temibile indebolimento.

8

L'elicottero sorvolava la successione di capi e di lagune che sfilavano in fretta ora. Il chimico se ne stava in piedi vicino al pilota, nella parte frontale dell'apparecchio. Di là dell'abitacolo trasparente coglieva tutto intero il paesaggio di terra calcinata, da est a ovest, e poteva seguire tutti i dettagli della costa deserta: verso ovest, ben al di là del piccolo porto rosso della società delle *pêcheries*; verso est, fino ai cementifici i cui crateri polverosi fumavano di lontano come delle solfare. L'elicottero passò le *pêcheries* e girò. Percorse in senso inverso le lunghe spiagge, sorvolò la Base e, sempre al confine della sabbia e dell'acqua, tagliò diversi piccoli capi per andare e tornare sopra gli scavi a cielo aperto dei cementifici, là dove pesanti macchine tagliavano a pezzi la montagna.

Volava ora più vicino al terreno seguendo le depressioni e gli altopiani nudi che formavano come una barriera in parte fatta crollare tra l'entroterra e la fascia costiera. Con la mano sinistra il chimico annotò qualche cosa su un taccuino. Disse: *Venti grammi di materia attiva bastano per trattare un ettaro.* — *Lei parla per gli acridi normali*, disse il capo della missione entomologica. — *Io parlo per gli insetti di qualunque tipo*, disse il chimico. — *La sfido a ottenere risultati con la Dieldrina sulle locuste ambrate.* — *Non sono degli in-*

setti? ironizzò il chimico. — *Apparentemente sì.* — *Allora venti grammi per ettaro alternando le zone di trattamento ogni due anni.* — *Ma cosa succederà di questa gente?* L'elicottero era stabile, ora, al di sopra del villaggio. — *Basterà iniziare le polverizzazioni prendendo cura di tenersi sottovento in rapporto alle abitazioni e di proibire di uscire all'aria aperta per ventiquattro ore.* I due uomini in piedi vicino al pilota vedevano sotto di loro gli abitanti del villaggio riuniti davanti alle loro case. Tutti alzavano i volti verso il cielo. — *Dopo quello che è successo qui, lei non può permettersi il minimo errore,* disse l'entomologo. Il pilota fece inclinare l'apparecchio che scivolò di sbieco verso lo sperone roccioso, a un capo del villaggio. Sorvolarono brevemente una casa isolata, cogliendo l'immagine fuggitiva di una donna che traversava un cortile assolato. Più lontano l'elicottero passò sopra due muli montati, lanciati in un galoppo che sembrava immobile, visto dall'alto. — *Brutta per queste bestie, la Dieldrina. Si attacca ai loro centri nervosi,* disse il chimico. — *Riconosca che non è meglio per gli uomini,* disse l'entomologo, *e ben poco efficace sulle locuste ambrate.* L'elicottero si alzava rapidamente e i muli galoppando sulla spiaggia diventarono più piccoli sino a essere niente più che due macchie raddoppiate dalla propria ombra.

Come ogni estate, le tende della missione entomologica erano appena state alzate ai piedi della falesia. Quest'anno il campo si era ingrandito di una tenda-laboratorio per il chimico e di una sua tenda personale. Dopo aver lasciato la Base, dove l'elicottero li aveva depositati, i due uomini costeggiarono il cavo elettrico provvisorio che correva sia nella sabbia sia attaccato alle rocce. Il chimico si era fermato: *In effetti, mai viste locuste così mostruose. Ma, mi dica, di che cosa si nutrono? Questo paese sembra senza vegetazione.* L'entomologo lo prese per un braccio e lo portò qualche passo indietro sulle loro tracce: — *Guardi come quelle sane divorano già quelle ferite. Si nutrono le une delle altre. Non è uno dei misteri minori della loro folle moltiplicazione.* — *Come sarebbe?* disse il chimico, *lei vuole dire che traggono da loro stesse la sostanza per la loro moltiplicazione pazzesca?* — *Per il momento, non vedo altre spiegazioni. Noi le abbiamo studiate dall'istante della loro nascita a quello della loro morte. Questi insetti si divorano tra loro tranquillamente, direi senza violenza. Su queste terre morte cos'altro potrebbero trovare all'infuori di se stessi?* Con la sua mano valida, il chimico sollevò una locusta e l'esaminò tenendola per le placche laterali del torace. Disse: — *Sarebbe dunque un po' come certe cristallizzazioni che, formato il primo cristallo, si mettono a proliferare, per così dire, da se stesse?* — *È così, se vuole*, disse l'entomologo. *È incomprensibile, pazzesco. Si immagini che arrivano a deporre uova sino a tre volte il loro peso senza aver assorbito niente nel frattempo — a parte il seme del maschio.* Il chimico gettò l'insetto che gridò in maniera sgradevole. Fece un rumore sordo cadendo, scintillante sotto il proprio peso. Subito altre locuste lo ricoprirono.

Arrivarono al campo. La donna bionda e Riky sballarono il materiale che misero in ordine nelle tende-laboratorio. *Ecco Riky*, disse l'entomologo, *la sa più lunga di noi su questi insetti. Vieni!* Riky si fece avanti. Il chimico gli tese la mano sinistra. Era quasi notte; a una a una le tende si illuminarono, rassomigliavano a grandi lanterne di carta oleata. All'improvviso Soeur venne fuori dall'ombra, tenendo il mulo e la mula, da una parte e dall'altra, ai morsi. Il chimico la guardò con un senso di sorpresa impudica e avida. Questo sguardo su sua sorella irritò Riky.

I giorni seguenti, il chimico passeggiava solo sulla spiaggia e nei diversi luoghi dove si trovavano adunate in più gran numero le locuste. Prendeva appunti e restava lunghi momenti immobile a provocare gli insetti. Entrava poco nella tenda-laboratorio, e in capo a qualche tempo non ci mise più piede. Preferiva parlare con la gente o fare gite che lo allontanavano dal campo qualche giorno. Prendeva la corriera polverosa e andava a caso nei differenti villaggi della regione. Passò per la *pêcherie* e visitò il cementificio. Non faceva mai bagni e detestava stare sulla riva. Soltanto la gente sembrava interessarlo — al contrario degli entomologi e dei soldati della Base che non si erano mai preoccupati degli abitanti di questo paese arido, salvo che per servirsene o per farsi servire. Una sera disse al capo della missione: *Lei ha ragione, nessun insetticida classico potrà venire a capo di queste cose. C'è da dubitare che siano insetti. Non vedo che un mezzo: scompigliare il processo di riproduzione a un qualunque stadio della sua evoluzione. Rendere le uova sterili, per esempio.* Aveva preso delicatamente una femmina. La alzò davanti alla lampada, mettendo in luce i canali e gli umori della piccola membrana simile a una gomma sottile gonfiata al massimo della sua tensione: — *Che cosa succede là dentro? E se noi trovassimo il mezzo di paralizzare questa borsa, se noi le impedissimo di reintegrarsi all'interno dell'insetto? La sua presenza al di fuori dell'addome non impedirebbe l'accoppiamento nel momento in cui la femmina cavalca il maschio?* — *Al contrario*, disse l'entomologo, *se la femmina espelle il suo apparato genitale, è perché il maschio vi depositi il suo se-*

me... così non la penetra mai. Tutto questo l'abbiamo osservato nei minimi dettagli. Caso unico a mia conoscenza di femmine che rifiutano la sottomissione e la penetrazione... Il chimico fece qualche passo nella sabbia e depose delicatamente la locusta su uno dei cavi della tenda dove l'insetto restò immobile, sospeso con la testa in basso. La sua borsa faceva una piccola macchia chiara e iridescente nella notte. *Dopotutto,* disse il chimico, *queste piccole bestie non sono così sgradevoli.*

Un giorno, Riky aveva accompagnato il chimico su un'altura, a ovest del villaggio — là dove il terreno si sgretola e scricchiola sotto i passi e dove il minimo grano di polvere è formato di infinitesimi alveoli. Da quel punto elevato si vedeva, lontano e in basso, la spiaggia, la Base e le sue macchine mimetizzate. Più vicino, un po' a sinistra a un livello più basso, il villaggio allungato a forma di freccia. E a un capo, attaccata allo sperone scistoso, la casa bianca in disparte con la sua scuderia. Il chimico si era arrestato, immobile. Aveva detto tirando fuori il suo binocolo: *È là che abiti con tua sorella e i tuoi genitori?* A Riky non era piaciuta questa domanda. Qualche cosa nel tono gli faceva provare diffidenza. Il chimico aveva tolto i suoi occhiali dalla sottile montatura di acciaio e li aveva posati vicino, su una roccia. Le loro lenti scure impedivano di solito di vedere lo sguardo. I suoi occhi all'improvviso scoperti, d'un colore pallido, non piacquero a Riky. Notò le palpebre quasi senza ciglia e le occhiaie azzurrognole che scendevano sino agli zigomi sui quali le lenti avevano lasciato due esili tracce simili a cicatrici. Il chimico si dimenava con il suo binocolo che poteva tenere solo con una mano e di cui gli era difficile regolare il fuoco. *Finalmente,* disse, *è così!* Restò un attimo immobile a scrutare la casa. Vedeva il cortile, la scala di legno che portava al piano superiore, le scuderie davanti alle quali pendevano sotto una tettoia due vecchie selle, dei finimenti e delle lenze e delle reti. *Ecco tua madre*, disse il chimico, nel momento in cui una porta si apriva e una donna scendeva la scala esterna. — *Vuoi vedere?* E porse il binocolo a Riky. — *No, io non ho niente da rubare a Père. Non è mia madre. È lei.* Il chimico lo guardava, stupito. Lasciò pendere il binocolo sul suo petto e con la mano valida si mise a frugare nelle sue tasche. Ne estrasse un fazzoletto e si asciugò la fronte, il corpo, il collo. — *Scusami, non volevo essere indiscreto.* Esitò e aggiunse: *Dunque hai due sorelle?* — *Non è né mia madre né mia sorella, è una donna.* Il chimico strofinava senza fretta i suoi occhiali con il fazzoletto. Nascose di nuovo gli occhi dietro le lenti scure: *Una donna? Che donna?* — *È Mère*, disse Riky, *una donna che Père ha portato un giorno dalla montagna. Père ha voluto che Soeur e io la chiamassimo Mère. Soeur la chiama Mère volentieri; io no.* Il chimico si sedette per terra e si appoggiò a un masso. Disse: — *Ah, davvero? È vostra madre, tua e di Soeur, senza essere vostra madre. Non ti piace?* — *A Soeur piace, io... io non ne avrei paura, se non ne avesse paura Père. Ma Père ne ha paura.* Si mise a sorridere, lo sguardo obliquo e sfuggente. Aggiunse: *Mi piacerebbe di più se non fosse là. Lei non è come noi. Viene dalla montagna.* Il chimico prese le sigarette e ne diede una a Riky: *Siediti.* Riky si accoccolò vicino a lui all'ombra del masso. Il chimico tirò una boccata. Disse: *Siamo amici.* Poiché Riky non reagiva insistette: *Tu non vuoi che noi siamo amici?* — *No...*, disse Riky, *come vuole lei, per me è lo stesso.* — *Sai*, disse il chimico, *malgrado questo clima orrendo, mi piace qui. Non avrei mai pensato che potesse piacermi un posto impossibile come questo. Io amo la folla, il rumore, il movimento ed ecco che non mi trovo male in questo calore infetto, in questa umidità, con queste simpatiche bestie che vi saltano sopra.* In basso sulla spiaggia una bruma grigia cominciava a velare i dettagli, traboccava dal mare divenuto invisibile. Riky fumava, il suo sguardo era fisso, come rovesciato in se stesso. Disse: *Père la teme e io temo di non aver più paura di lui a causa di lei.* Il chimico vedeva la casa, sotto di loro, distingueva anche due sagome nel cortile pieno di sole. Si trattenne dal prendere il suo binocolo. Esitò, poi disse, pronunciando le parole con prudenza, pronto a tacere alla minima reazione del ragazzo: — *Perché tu pensi che sia buona cosa aver paura di tuo padre?* La risposta venne immediata, come se Riky l'avesse preparata: — *Sì. Finché ne avevo paura stavo al mio posto.* La foschìa saliva veloce sotto di loro. Solo il villaggio, la casa isolata sul suo sperone roccioso e loro stessi erano ancora al sole. Nel cortile, le due figure si erano appena separate. L'una disparve nella scuderia, l'altra salì la scala di legno. Il chimico fece un movimento verso il binocolo che pendeva al suo collo poi rinunciò. Disse: — *Non sembra che abbia molti più anni di tua sorella. Perlomeno, così mi è parso.* — *Lei fa paura*, disse Riky, *possiede dei poteri. Sta piegando Père senza toccarlo; ha piegato Soeur. E da me so quello che si aspetta.* Si alzò e mostrando il vuoto sotto di loro, disse: *In un momento, sarà tutto coperto. Bisogna scendere prima che la nebbia ci renda invisibili.* Senza attendere il chimico, si allontanò in direzione del sentiero. Il sole cominciava già a velarsi. Il chimico scostò la gamba, e, appoggiandosi al masso, riuscì a rimettersi in piedi. Diede uno sguardo circolare e constatò che il paesaggio era scomparso. Si mise in cammino, sforzandosi, anche in questa solitudine, di non essere troppo sgraziato. Aveva messo a punto un modo molto elegante di muovere il suo corpo deforme, e in qualunque circostanza voleva essere preciso, impeccabile. Riky non l'aveva aspettato. Ora il chimico arrivava appena a distinguerlo; correva quasi. La sua gamba rigida lo disturbava e ansimava a seguire il ragazzo che andava senza preoccuparsi di lui.

Quando ebbero raggiunto il campo, il chimico disse togliendosi con difficoltà dal collo la cinghia che assicurava il binocolo: — *Tieni, lo vuoi? Te lo presto*. Riky ebbe un fremito, come se trattenesse all'ultimo momento la sua mano pronta a impadronirsi dell'oggetto nero, brillante, così desiderabile. Disse: — *No, non lo voglio.* — *Prendilo*, insistette il chimico: Riky scrollò il capo con un'aria impacciata: — *No, veramente, non lo voglio.* — *Bene*, disse il chimico. E mise a posto il binocolo nel suo astuccio di cuoio. Fece qualche passo verso la tenda, si arrestò: *Sono a tua disposizione; il giorno che ti divertirai a prenderlo*... Entrò nella sua tenda e accese una lampada. La nebbia sotto la zanzariera era densa come all'esterno. Udì Riky andarsene, e Soeur chiamarlo da lontano sulla spiaggia. Accasciato sulla sua branda stretta, il chimico fumò ancora qualche sigaretta. Sudava; i suoi occhiali erano appannati per la condensa. Pensava alla ragazza, vista la sera del suo arrivo al campo, che teneva al morso i due muli dalle criniere folte. Questa visione si era fermata in lui, e la custodiva dentro di sé come si custodisce un'immagine staccata da un sogno.

In seguito, il chimico salì ogni giorno sull'altopiano. Disteso all'ombra della roccia, sorvegliava la casa isolata fumando una sigaretta dopo l'altra senza muoversi dalla sua postazione. Teneva a portata di mano il suo binocolo e al minimo movimento nel cortile o sulla scala di legno tratteneva il respiro e captava con avidità tutto quello che poteva. Questa sorveglianza lo assorbiva talmente che anche le locuste non riuscivano a distrarlo. Ci voleva tutto che le respingesse quando saltavano su di lui. Ora conosceva Mère, Soeur, Père meglio forse che se li avesse avvicinati. Gli piaceva metterli a fuoco, isolarli, tenerli più tempo possibile in questa specie di intimità maniacale che rende i volti un po' come se li si guardasse da dietro uno specchio senza foglia. Aveva isolato gli occhi, la bocca di questa donna che vedeva comparire di tanto in tanto sul balcone di legno. L'aveva vista seduta in vesti allentate mentre si truccava gli occhi, mentre sorrideva in un piccolo specchio; o mentre usciva di colpo correndo per buttare fuori un insetto che si era scrollata di dosso con repulsione. C'era in lei qualcosa di pericoloso, di estremamente caparbio e a volte di trattenuto nei suoi movimenti, come se questa donna delle montagne, sapendosi in un paese nemico, recitasse la sua parte con calma e passività. Più volte aveva assistito da vicino all'incontro dell'uomo e della donna, sia nel cortile sia sotto la tettoia della scuderia. Li aveva visti incrociarsi come si incrociano due figure di ferro. Era su di loro, avido come una mosca incollata ai loro volti. Febbrilmente regolava il binocolo, ingrandiva le immagini sempre di più fino a sfuocarle di colpo, per non perdere niente, per essere sicuro dell'odio stupefacente che captava su quei due volti, e si diceva: Io resto! Ah, io resto! Ah, io voglio sapere! Quando si trovava solo con Riky, cercava di cavarne qualcosa di più, ma Riky diceva sempre le medesime parole: *Ho paura di non averne più paura.* E il chimico assaporava quelle parole. Spesso si era anche impadronito del viso di Soeur; l'aveva tirata a sé come dal fondo di un pozzo luminoso, l'aveva fatta salire contro i suoi occhi. Aveva visto da vicino la sua pelle guastata dal vaiolo, lo scuro del suo sguardo, il sorridere insieme ingenuo e disincantato di una bocca larga, sensuale, fatta più per mordere che per baciare. Si era impadronito delle sue mani quando uscendo dalla scuderia teneva forte i muli nel momento in cui, abbagliati dalla brusca luminosità, si sollevavano come per affrontare l'oro del cielo. Regolando le lenti più da vicino — anche se impedito dal suo braccio malato — aveva minutamente passato in rassegna questa ragazza per frammenti staccati dall'insieme, e ciascuno di questi frammenti lo aveva repertoriato come si numerano i pezzi di una statua da restaurare. Il suo spirito conosceva il profilo, la mano o il piede, ogni frammento del braccio o della coscia rubato quel momento in cui Soeur si lanciava sulla mula, e il chimico, continuando a regolare freneticamente il binocolo, prendeva insieme parti di mula e di donna che mescolava in un tutto eccitante, quando la cavallerizza dopo essere scesa a precipizio per il sentiero approdava alla spiaggia.

Dal suo osservatorio vedeva tutto, mentre attorno a lui e su di lui le locuste ambrate seguitavano il loro lento progredire. Aveva rinunciato a distruggerle, trovava questi insetti piuttosto gradevoli e non vedeva perché bisognasse annientarne la razza. L'aveva detto agli entomologi; loro avevano convenuto che, in un certo senso, fondamentalmente non erano in disaccordo con lui. *A parte il loro numero e il loro pazzesco moltiplicarsi, presi a uno a uno, questi insetti, provocati dall'increscioso incidente biologico della Base, sono piuttosto attraenti*, ironizzò il chimico. Quando il caldo di un sole assoluto schiacciava il paesaggio incandescente, al punto di fargli perdere ogni profondità, il chimico incollato all'ombra della roccia si divertiva a immaginare le locuste ingrandite sino alle dimensioni mostruose che meritavano le loro armature. Allungato rasoterra, le vedeva contro il paesaggio appannato, scavalcando gli arcipelaghi delle loro sei zampe simili a lunghe colonne di rame. Gli piacevano le loro teste brillanti, di una solidità metallica, saldate al torace da una serie di placche articolate. Tutto ciò funzionava con un'eleganza così pesante. C'era in questi insetti — per poco che li si immaginasse fuori delle loro dimensioni e che si proiettasse su una scala più grande — quella forza implacabile segretamente attesa dall'Uomo. Il chimico riconosceva in esse le macchine dell'Ultimo Giorno che aspettava da bambino. E, piegandosi sulle loro chele e i loro palpi in continuo movimento di assorbimento, si ricordava del bambino malato, dalle ossa fragili, tenuto per delle cinghie, che sollevavano con precauzione e che riportavano sul suo letto piatto, quando le barre d'acciaio di cui la sua gamba e il suo braccio erano armati ticchettavano. E toccava con la punta delle dita le lunghe antenne perché l'insetto gridasse. E l'insetto gridava. Il chimico avrebbe voluto toccare con le dita, similmente, lontano laggiù sulla spiaggia, la cavallerizza e la sua cavalcatura che di lontano apparivano tanto piccole; avrebbe voluto sollevare con un'unghia il tetto della casa che lei aveva appena lasciato, sorprendere quella che Riky chiamava Mère nel momento della siesta nella sua camera misteriosa; o demolire con una piccolissima spinta il muro della casa per vedere nel segreto dell'ombra quello che Riky chiamava Père.

L'uomo del binocolo era là, nel calore, allungato su questa polvere di vulcano come lo era stato durante tutti gli anni dell'infanzia sul letto pulito e bianco, sottomesso alla lenta distruzione delle sue ossa, quando con il dito spostava delle piccole case, dei piccoli cavalli, dei piccoli uomini dagli ornamenti dipinti, tra i fastidiosi rilievi inamidati delle lenzuola. Solo Riky gli appariva nella sua giusta dimensione: il ragazzo aveva una voce, un modo di dire le cose: andava elastico e stabile sui suoi piedi nudi; c'era sangue sotto la sua pelle abbronzata; non rifiutava le sigarette e le fumava con lui accoccolato nella sabbia. A volte uccideva un insetto e, benché ciò gli ripugnasse, il chimico accettava da Riky questa distribuzione di morte perché il suo modo di procedere era naturale. Uccideva senza sapere che uccideva. Uccideva come montava il suo mulo o correva a gettarsi nel mare. Al contrario degli entomologi che non uccidevano ma smembravano gli insetti con la stessa curiosità indifferente di un botanico verso una pianta o di un geologo verso un minerale.

La sera accadeva che Riky rinviasse il momento di risalire a casa. Restava un po' davanti alla tenda del chimico, accoccolato nell'ombra, e il chimico gli parlava della città, descrivendo il numero degli uomini con gli stessi termini che Riky avrebbe impiegato a descrivere il numero degli insetti. Quando si sorprendeva a impiegare questo genere di metafore che lo sottraeva alla sua abituale ironia, il chimico faceva un gesto infastidito e cercava di cambiare argomento, ma Riky voleva saperne di più su ciò di cui non riusciva a farsi un'idea. Allora il chimico metteva qualche musica forte e ritmata del genere di quella che piaceva a Soeur ascoltare dagli ufficiali, e che canticchiava ballando tutta sola sul sentiero che portava alla casa di Père. Riky diceva: *Soeur balla sempre questa musica.* E il chimico era contento. Più volte di seguito metteva lo stesso motivo. Attorno a loro la notte si muoveva, e sembrava che i richiami-appelli delle locuste ambrate si regolassero su questi ritmi venuti da un altro mondo. *Attento*, diceva il responsabile della missione, *lei finirà per rovinare completamente questo ragazzo.*

La donna bionda veniva spesso la sera davanti alla tenda del chimico. Fumava le sue sigarette profumate al miele e qualche volta ne dava a Riky. Usciva di notte; prima di tutto si vedevano le sue lunghe gambe bianche e i suoi seni nella camicetta bianca annodata sullo stomaco. Temeva le zanzare e si spalmava di una crema il cui profumo si mescolava a quello delle sue sigarette. Si lasciava cadere sulla sabbia e incrociava sotto di sé le lunghe gambe dalle cosce spellate dal sole. Il chimico le serviva da bere in un bicchierino di acciaio, e metteva di nuovo il motivo che Riky aveva riconosciuto per quello che ballava sua sorella la sera conducendo i muli per il sentiero. Alla donna bionda non piaceva trovarsi con il chimico, ne temeva l'ironia. Davanti a quest'uomo in costante sofferenza, lei si vergognava di essere quella dalle lunghe gambe libere, quella di cui ogni particella di carne nuda era come pizzicata, punta, morsa dallo sguardo invisibile dell'uomo deforme. A dire il vero il chimico se ne fregava di lei, ma non poteva trattenersi dal metterla a disagio: le gambe bianche, lo stomaco nudo sotto la camicia annodata risvegliavano in lui fugaci immagini di lacerazione, gli sarebbe piaciuto farle dei lividi... a dire il vero gli sarebbe piaciuto che Riky la colpisse perché la trovava davvero troppo cagna con l'adolescente quando si sedeva contro di lui sulla sabbia e posava, in segno di possesso, la mano sulla sua spalla o sul suo collo.

9

In realtà lei non era né come l'aveva vista la sera del suo arrivo né come aveva creduto di ricomporla attraverso i frammenti che ne aveva rubato. Quel giorno gli era comparsa quando si era un po' allontanato dal campo, lungo le rocce franate che limitavano la spiaggia. Si era addormentato all'ombra delle rocce? Senza dubbio perché si sentiva ancora più rotto del solito. Durante la mattinata, gli entomologi erano partiti in quella direzione con Riky e i suoi muli. Il chimico si era messo in cammino verso metà pomeriggio, seguendo le loro tracce sulla sabbia. Non gli piaceva camminare su questa sabbia molle cosparsa di insetti. Non soltanto gli toccava fare un duro sforzo per avanzare, ma la presenza delle locuste lo obbligava a calcolare ogni passo e sovente mentre stava per posare il piede doveva rialzarlo di colpo per evitare di schiacciarne. Si era stancato in fretta di questo cammino che lo esauriva. Incollato all'ombra di una roccia, aveva bevuto dalla sua borraccia, e aveva preso qualche appunto su un quadernetto. Sonnecchiava, rannicchiato sulla sabbia, quando aveva udito un fruscìo non lontano. Che cosa faceva lei là? Non assomigliava affatto alla ragazza di cui si era appropriato. Sul momento pensò anche a una ragazza del villaggio che le assomigliasse un po'. Lei si era fermata e lo guardava. Chiuse il suo quaderno rimasto aperto sotto la sua mano e lo mise a posto. Disse: *È stupido, mi ero addormentato.* Lei lo guardava sempre ma lui sentiva che al minimo movimento si sarebbe girata e sarebbe scomparsa tra i detriti da dove era uscita. Non sembrava né spaventata né stupita ma piuttosto curiosa. Il sole ancora abbastanza alto colpiva la ragazza obliquamente, così bene che il chimico vedeva il suo viso terribilmente deformato dalle ombre che andavano tutte di traverso. Era perché si trovava ancora assonnato? Lei gli appariva piuttosto brutta. La pelle segnata irregolarmente sugli zigomi, le guance, la fronte. La bocca ancora più larga e sensuale di quanto lui credesse. Niente era netto su di lei, come se fosse passata attraverso il fuoco. Anche i suoi vestiti che ondeggiavano attorno al suo corpo sembravano bruciati su tutta la loro superficie. Il chimico ebbe un soprassalto, si appoggiò alla roccia dietro di lui e riuscì ad alzarsi. Ma lei era scomparsa. Per un attimo credette a uno di quei piccoli sporchi sogni provocati dall'estremo calore. Tuttavia sulla sabbia erano nette le impronte lasciate dai suoi piedi. Volle seguire quelle tracce; le perdette.

Una sera, credette di averla vista che lo spiava dopo che era venuta l'ombra, al limite della zona rischiarata dalla lampada davanti alla tenda. Era lei davvero? Il suo sguardo sicuramente. Qualcosa di questa curiosità era là, nella notte. E ancora, aveva letto le sue tracce nella sabbia intorno alla tenda. Un'altra volta, mentre si trovava appostato sull'altopiano, il suo binocolo puntato come al solito in un febbrile andirivieni tra la scuderia, il cortile e la scala di legno, ecco che l'aveva sentita alle sue spalle. Appena aveva fatto un gesto per voltarsi lei era scomparsa. Decise di interrogare Riky. Ma come dirlo? Come raccontare quello sguardo nel grande caldo? Anche una notte aveva creduto di vedere socchiudersi la zanzariera e apparire nella sua tenda lo strano viso il cui sguardo gli ricordava il cuore oscuro del papavero. Tutti questi segni nell'umidità soffocante, il perpetuo appannarsi dei suoi occhiali. Il suo pensiero in fiamme, i suoi sensi impazziti dal momento che aveva saputo tutto di questa ragazza. La donna bionda pretendeva di sapere tutto su questa ragazza, di Riky con questa ragazza, del tenente con questa ragazza, dei soldati, del padre terribile che lei aveva visto dietro la carcassa di una razza, questo padre che avrebbe venduto sua figlia al prezzo di una mula. La donna bionda dalle gambe di majorette aveva insinuato, sottinteso, continuando a fare a pezzi freddamente gli insetti nella tenda-laboratorio. Lei aveva lasciato andare dei piccoli indizi al chimico. Tutto ciò con ironia, naturalmente. Tra il chimico e la donna bionda che cos'altro poteva esserci se non ironia? Quando la vedeva allontanarsi dal campo con Riky e i muli, provava una gelosia confusa, una gelosia d'insieme; qualche cosa che non avrebbe mai conosciuto se ne andava lungo la spiaggia verso i bracci secchi del corso d'acqua. Sapeva quello che la donna bionda desiderava, quello che aveva già ottenuto dall'adolescente, quello che avrebbe ottenuto ancora una volta da lui. Immaginava tutto. Si sentiva come una zitella di cui solo l'immaginazione lavora a inventare ciò che né i suoi nervi né il suo sangue possono conoscere. Una volta gli era capitato di avvistarli con il suo binocolo, oh, senza volerlo, turbato di scoprire che erano loro sotto i suoi occhi. Quel giorno, trovando sotto di sé le scuderie, il cortile, la scala di legno abbandonati, aveva girato il binocolo e, in un lungo volo scivolato, lo sguardo incollato alle lenti, si era messo a frugare prima il sentiero poi la spiaggia intorno alla Base, là dove sapeva che Mère e Soeur andavano sovente; poi non scoprendo alcun movimento aveva esplorato più in largo, più in largo ancora sino a prendere prima il piede di un mulo, il fianco, il collo, la testa intera voltata di traverso, poi una seconda testa di mulo similmente piegata, e là quasi in mezzo le diverse ombre delle due bestie scalpitanti, li aveva sorpresi furiosamente mescolati, lei con le sue cosce battute dal sole, lui chiuso da quelle cosce da majorette battute dal sole: un tutto bianco e bruno, che facevano delle loro due pelli una bestia informe, maculata. *Che bel lavoro!* aveva sogghignato, e aveva continuato a frugare il paesaggio così largamente aperto sotto di lui. Era lei che voleva afferrare, la ragazza dalla grande bocca selvaggia, quella che Riky chiamava Soeur. Della donna bionda non gliene importava niente, lei gli dava fastidio agli occhi. Altra volte ancora li aveva sorpresi, lui, lei, e ogni volta aveva fatto slittare via le sue lenti con la medesima fretta. *Allora?* le diceva vedendola rientrare al campo la sera. E lei rispondeva: *Sì, e allora?* In quei due allora era contenuta la loro complicità ironica. Gli altri entomologi dissimulavano dei sorrisi.

Con la scusa di aver bisogno di Riky per fargli da guida, il chimico combinava per prenotarlo. Partivano in spedizione lungo la costa. Tutti e due cavalcavano. Il chimico aveva preso a pretesto degli esperimenti sulle locuste, proprio in quel luogo. Queste gite distruggevano il chimico. Le sue ossa ne ricevevano un colpo terribile. Lui che non sapeva montare si issava su questo strumento di tortura e subiva il battere regolare di quattro zoccoli proprio nelle sua ossa per delle ore. Fissava le orecchie della mula e si lasciava portare senza mai lamentarsi. Riky andava davanti sul mulo. Dopo aver seguito la costa si arrampicavano sino a dei vasti altopiani vulcanici dove infine potevano riposarsi all'ombra di una roccia. Attorno a loro il suolo si muoveva ricoperto di strette coltri di insetti. Il chimico si sedeva nella polvere e restava un momento, inebetito, a fumare mentre Riky prendeva le provviste che avevano portato. Sotto di loro il mare piatto, grigio, più lontano verso est i cementifici, dietro di loro i rilievi in parte crollati di un antico sollevamento che aveva fatto rovesciare il massiccio intero, e creato una specie di cammino, una frattura insormontabile tra l'entroterra e la parte inclinata della costa. Più a est si vedevano le spiagge tagliate dalle piste e dagli hangar della Base. E il chimico pensava al giorno del suo arrivo quando il responsabile della missione entomologica gli aveva fatto sorvolare quel caos. Parlava della Dieldrina, della superficie da polverizzare, di quel rilievo morto, avrebbe potuto non posare mai il piede su quel terreno bruciato e ripartire lasciando degli appunti ai militari e agli entomologi. Ma era restato. E perché era restato? Disse: *Ho creduto d'averla vista qualche volta, ma lei è inavvicinabile.* Riky disse: — *Mi ha domandato chi è lei. Io le ho detto: è il chimico. Le è piaciuto molto che lei sia il chimico.* Esitò: *Chimico che cosa è? Voleva che glielo spiegassi ma io credo di non saperlo. Neanche Mère lo sapeva. Soeur la trova differente. Vuole sapere se tutti i chimici sono come lei.* — *Se tutti i chimici hanno le ossa a pezzi?* domandò il chimico ridendo. *Immagino di non essere il solo nella mia professione a trascinarmi con delle viti e delle placche sotto la pelle.* Respinse una locusta ambrata che gli si era appena arrampicata sopra. Aggiunse, sempre ridendo: *Loro, hanno le placche fuo-*

ri, io dentro. Questa similitudine aveva fatto aumentare quel disgusto non esente da attrazione che provava Riky verso quest'uomo così diverso da tutti quelli che aveva incontrato. *Perché lei fugge? Di che cosa ha paura?* Gli tese la borraccia con la sua mistura d'acqua e alcol. Riky bevve. Restituì la borraccia. Il chimico bevve. Accesero delle sigarette. — *Soeur non ha paura di niente*, disse Riky. Esitò: *Sino all'arrivo di Mère temeva Père. Ora non lo teme più*. Il chimico si era immobilizzato. La sigaretta tra le sue dita lasciava filare un fumo piatto che il calore faceva piegare su se stesso come se anche il fumo pesasse. Il chimico si diceva: Sono simili tutti e due, sono di quella specie di bellezza che un infinitesimo spostamento della luce può ribaltare in... stava per pensare bruttezza, ma si corresse e pensò selvatichezza, poi si corresse ancora e pensò che uno stesso viso a seconda se è di pietra o di carne può passare dall'angelico al triviale, dal sublime al fango. Dietro l'ombra dei suoi occhiali scuri passava minuziosamente in rassegna le labbra un po' gonfie, il naso diritto dalle narici nette, l'occhio, benché di profilo, aperto, largo, perfetto nel taglio delle palpebre come se fosse stato visto frontalmente; vedeva ciascun dettaglio della pelle, ciascuna piega su questa maschera di giovinezza distrutta dalla mancanza di cure e dalle tracce lasciate dal vaiolo. Questa grana pietrosa che il sole metteva in rilievo accentuava e a volte distruggeva la bellezza dell'adolescente che — secondo come si muoveva — diventava inaccessibile come una figura corrosa dal tempo, o terribilmente scialbo. Disse: *Vi assomigliate, tu e lei, no?* — *Non lo so,* disse Riky, *è possibile*. Spazzava con la mano degli insetti che si trascinavano attorno a loro nella polvere. Riflettè, sembrava avere qualche difficoltà a esprimere quello che voleva dire: *Per noi è stato necessario essere uniti per opporci alla forza di Père. Quando ha capito che noi ci ritrovavamo nel soppalco, sopra le bestie, ci ha avvertiti.* Dunque è vero, si diceva il chimico in estasi, e immaginava il fratello e la sorella rifugiati sul soppalco sopra i muli, e li vedeva come un'immagine sdoppiata che ridiventava una, ed era ebbro di desiderio: ah, io voglio vedere! vedere! Disse: *Perché non viene con te? Perché non andiamo, tu lei e io, non so, al di là del corso d'acqua, per esempio, o in una di quelle anse sotto per passare la giornata tutti e tre?* Benché dette con una apparente disinvoltura, queste parole lasciate andare a una a una avevano in qualche modo frantumato le ossa del chimico che aveva dovuto fare uno sforzo per non lasciar trasparire l'eccitazione che gli procurava quel progetto. Riky aveva detto: — *Là, sotto, c'è un sentiero che porta a un luogo dove dopo una tempesta Soeur e io siamo stati molto contenti, avevamo creduto di esserci liberati di lui.* — *Liberati?* fece il chimico. — *Sì! Era dopo la morte di Maman. Ma quando siamo rientrati, era ancora là e ha letto nel mio sguardo. Qualche tempo dopo ho visto l'ascia in fondo alla barca.* — *Bene!* fece il chimico. Ansimava un po' sotto l'enorme peso di possibilità che contenevano le parole dell'adolescente. Disse: — *Ma io posso aiutarvi, te e tua sorella. Posso aiutarvi a liberarvi di lui... Non mi manca il denaro, posso offrire a tuo padre tanto denaro quanto gliene procurerebbe l'affitto dei muli per dieci anni...* Riky girò lentamente il capo. La sua bocca si storse un po' e disse con un'aria astuta: — *Non so se Mère accetterebbe.* — *Non capisco,* disse il chimico. — *Ho paura che Mère gliene domandi più di quanto Père abbia mai domandato per noi due insieme con i muli, sia al tenente sia a quelli della missione.* Il chimico restò un momento sorpreso. Rise: — *Ah, bene! È lei che...* — *No, è sempre Père che sembra decidere. — Allora perché lei? — Non lo so. È attraverso lei e Soeur. Bisognerà che ne parli a Soeur, penso che Soeur possa capire quello che lui vorrà o non vorrà secondo come parlerà Mère. — Ma tu mi hai detto che non vi rivolgete mai la parola, lui e voi. — Io mi rivolgo a Soeur, e Soeur a Mère in presenza di lui, e lui se giudica buono rispondere, parla senza rivolgersi a nessuno o parlando come se leggesse nel suo libro. — Quale libro? — Non so. Un libro di pelle. Un libro molto vecchio di cui si serviva già ai tempi in cui Maman morì in seguito all'incidente.*

La sera stessa si trovavano riuniti sotto il paralume di ferro, le due donne in piedi, che andavano dalla zona in ombra a quella illuminata, il figlio e il padre l'uno in faccia all'altro. L'uomo di pietra era là, sempre là. Tutto sembrava andare come prima nella famiglia, lo stesso silenzio li legava sera dopo sera sotto la lampada di ferro, lo stesso rifiuto, la stessa paura confusa. Vivevano insieme tutti e quattro in una sorta di ipnosi, tenuti tra loro dai movimenti rigidi dell'abitudine che li faceva incrociare, sedersi e alzarsi, uscire ed entrare come figure animate da un meccanismo esterno o come quei corpi che, la fronte bucata da una pallottola, continuano ad avanzare più passi per crollare un po' dopo e morire. Riky gettò lì il discorso in modo tale che Père non avesse niente da rispondere. Lo avvisava che aveva scoperto una nuova fonte di rendita per l'affitto dei muli. Nominò il chimico. Soeur l'interrogò con lo sguardo e Riky le sorrise con aria astuta. Soeur disse a Mère: — *È quello che si muove con tanta difficoltà; mi ha fatto segno più volte*. Risero tutte e due. — *Mi ha detto che se non ti avesse vista, sarebbe ripartito*, disse Riky. — *Io?* disse

Soeur. Aveva l'aria contenta. *Ti ha detto questo?* — *Non assomiglia agli altri*, disse Mère. — *È vero*, disse Riky, *ha delle placche di ferro all'interno del corpo*. Père alzò la testa e all'improvviso si rivolse direttamente a suo figlio: — *È quello che ho incrociato scendendo dalla barca, quello che trascina la gamba sulla spiaggia?* Riky si voltò come se volesse assicurarsi che niente gli avrebbe impedito di svignarsela verso il cortile nel caso che Père volesse mettergli le mani addosso. — *Sì, è quello*. Nessuno si muoveva sotto la lampada. Père sembrava riflettere. Disse: — *È importante tra quelli della missione?* — *È il solo a decidere i composti*, disse Riky. *È un chimico. Mi ha detto che se non avesse visto Soeur sarebbe ripartito l'indomani del suo arrivo. Non ha niente a che fare qui con gli insetti. Resta per il suo piacere, ecco quello che mi ha detto*. — *È pronto a pagare?* — *Ha un mucchio di cose nella sua tenda*. Mère si era fatta avanti sino a entrare nella luce della lampada. Disse, rivolgendosi a Soeur: *Ecco tuo padre e tuo fratello che decidono per te quello che sarà buono per loro. Di' loro che tu sei libera di fare il contrario di quello che loro vogliono*. Lentamente Père si alzò, la sua ombra si sparse, bruscamente liberata, sul muro e sul soffitto. Fu sul punto di dire qualcosa, fece un gesto stanco con la mano e uscì.

Riky volle alzarsi a sua volta ma sentì che Mère era venuta contro la sua schiena. Le mani di lei si posarono sulle sue spalle per impedirgli di alzarsi. Il ventre di Mère era contro le sue scapole. Lei disse, sopra di lui: *Non cercare il suo consenso. Che bisogno hai del suo consenso per fare ciò che tu avresti fatto senza di lui?* Riky si rivolse a Soeur che si teneva nell'ombra dall'altra parte della tavola: *Dille che si scosti da me. Dille che voglio restare sotto l'autorità di Père, dille che non voglio cadere sotto la sua influenza. Che si scosti!* Mère si scostò. Riky si alzò e uscì nella notte chiara. Come di solito in questa stagione c'era della foschìa sul mare ma il cielo era di una purezza perfetta. Non soltanto le stelle erano tutte visibili ma dietro le stelle si distingueva la lunga scia di foschìa di luce: il chimico gli aveva detto, mentre erano seduti tutti e due davanti alla sua tenda, che quella polvere di una luce così addolcita era in qualche modo la soglia di un altro universo che nessuno vedrà mai. A Riky piaceva ascoltare il chimico. Gli piaceva sentirlo dire cose come quella, gli procuravano un piacere indefinibile, vicino al sonno. Un'altra volta il chimico aveva detto alla donna bionda che dei saggi avevano avuto l'idea di sovrapporre migliaia di fotografie di uomini, donne, bambini e vecchi di tutte le razze e di tutti i colori: un viso d'angelo era apparso. L'esperienza era stata ripetuta con differenti fotografie: lo stesso viso d'angelo si era ricostituito. Riky ascoltava senza comprendere. La donna bionda aveva detto con una voce un po' più alta del solito: *Lei vuol dire che quella addizione pretendeva di offrirci una immagine sintetica dell'umanità? Non l'avrei pensato così credulo.* Il chimico aveva riso: — *Non sono soltanto credulo, ma anche idealista. Malgrado tutto, malgrado me stesso, credo alla Bellezza. Questa immagine globale dell'umanità soddisfa l'esteta oltraggiato che è in me. Supporre che tutti i nostri volti confusi, addizionati diano un angelo, lo trovo soddisfacente.*

Dopo la punta dello sperone, Riky distingueva ora il chiarore confuso che diffondevano le tende illuminate, lontano in basso, nella foschìa che dolcemente rifluiva dal mare e saliva in una marea silenziosa. Gli hangar della Base erano scomparsi, annegati, come il campo sotto le falesie al confine della spiaggia. I muli scalpitavano soffiando nella scuderia dietro Riky; l'avevano sentito là fuori. Nel momento in cui stava per entrare nella scuderia, notò l'assenza della lampada a carburo sotto la tettoia. Ritornando sino alla punta dello sperone, distinse in effetti, lontano, sprofondato nel mare di foschìa un chiarore che si cancellava. Pensò con tristezza e gratitudine all'uomo solo sulla sua barca. Père si era alzato tra loro e aveva messo fine al discorso. Che Père si fosse infine rivolto a lui come aveva appena fatto quella sera liberava Riky dal timore del vuoto. Si sentiva al sicuro, ora. Aveva visto Père in faccia. Sopra di lui le stelle erano sempre così vive, e sempre così addolcito era il chiarore di quell'altro universo di cui gli aveva parlato il chimico. Stava per ritornare verso la scuderia quando seppe che lei era là. Non soltanto il suo profumo l'aveva appena avvisato ma qualcosa di misterioso lo tratteneva come se lei avesse gettato le braccia intorno a lui per immobilizzarlo. Distingueva il suo profilo delicatamente messo in luce dall'impalpabile chiarore che colava dal cielo. La sua fronte soprattutto, un po' del suo naso e dei suoi zigomi trattenevano qualche particella di questo chiarore cancellato. Tra queste macchie sfocate, che completavano dei vaghi tratti fosforescenti — là dove dovevano essere i braccialetti — dappertutto intorno a lei e in lei non vedeva che la notte. Un attimo distinse i suoi denti e capì che lei gli sorrideva parlando. La sua voce era docile, lenta, lo raggiungeva come una carezza: *Perché mi detesti? Che cosa ti ho fatto perché tu mi detesti? Io non sono tua nemica. Sono tua amica come sono amica di Soeur.* Aveva afferrato i polsi del ragazzo e dal modo in cui li teneva e li stringeva Riky sentiva che lei non era così dolce come suggeriva la sua voce. Fermamente lo tirò verso la scuderia. Lui disse: — *Non voglio che mi prendi sotto la tua influenza.* Lei disse, e la sua voce era di colpo piena di malizia: — *Ah? Tu credi a quello che si dice delle donne scese dalle montagne?* — *Sì,* disse Riky, *io ci credo.* Lei rise ed entrando con lui nella scuderia accese la debole lampada elettrica che pendeva sopra i muli. Il suo viso illuminato dall'alto gli apparve all'improvviso di una terribile purezza, e gli sembrò confusamente di comprendere di quale angelo il chimico aveva parlato davanti a lui con la donna bionda. Mère non era né bella né brutta, né si notava per qualche cosa di particolare, ma era pericolosamente presente, era soprattutto quello che Riky sentiva, era questo invito, questa autorità un po' stanca dello sguardo sotto palpebre come appesantite da un costante bisogno di sonno. Si svincolò e retrocesse verso le bestie. Era la seconda volta che lei lo seguiva fino nella scuderia. Lui disse: *Vattene.* Ma lei lo aveva di nuovo preso per i polsi. Lei disse con un'allegria aggressiva: *Allora, hai paura che io ti prenda sotto la mia influenza? Ma non sai che io vi tengo tutti sotto la mia influenza sin dal primo giorno?* Lei mollò bruscamente Riky e lo allontanò: *Il giorno che io ti farò segno, nessuna forza ti potrà trattenere. Tu verrai e farai ciò che mi piacerà farti fare.*

10

Si assopì ma i dolori, il sudore, gli stridori degli insetti lo rimettevano di fronte a tutta l'assurdità della sua situazione. Sdraiato sulla schiena, sorvegliava distrattamente sopra di sé la sottile tela che il peso degli insetti faceva cedere secondo il punto in cui si posavano. Gli stridori erano così frenetici da diventare a tratti insopportabili, e il chimico dava dei colpi di canna contro la tela appesantita — cosa che proiettava le locuste sulla sabbia intorno alla tenda. Per qualche minuto più niente si muoveva all'esterno, poi a poco a poco il tulle della zanzariera si metteva a fremere e di nuovo gli stridori elettrici davano corpo al calore. Il chimico soffriva per l'umidità appiccicosa di quella nebbia che saliva dal mare e ricopriva il campo quasi ogni notte, ora. Richiuso nella sua tenda dalle aperture otturate con cura, aveva l'impressione di trovarsi prigioniero in uno spazio solido. I richiami ritmati delle locuste accrescevano il senso di soffocamento. La stagione degli accoppiamenti era arrivata e questi insetti infagottati nelle loro placche color ambra avanzavano pesanti e meccanici, senza mai deviare. Steso sul suo lettino da campo, il chimico fumava delle sigarette che gettava dopo averle consumate a metà. L'umidità dell'aria e l'estremo calore lo rendevano malinconico, le sue ossa malate gli davano fitte lancinanti. Chiudeva gli occhi e vedeva le impronte lasciate dai piedi di Soeur, non come degli incavi ma come altrettanti piccoli riflessi grigio-argento fuggitivi sulla parte lucente della riva, là dove la sabbia è dura e liscia a forza di essere lavata dallo scivolare della prima onda. Il chimico apriva gli occhi e restava così immobile sulla schiena a osservare la tela agitata dagli scatti delle locuste. E di nuovo deviava verso quelle immagini che dolcemente si formavano in lui: Soeur avanza verso questo mare detestabile e di colpo ecco che alza il tessuto ondoso che ricopre il suo corpo. Lo fa passare intorno alla massa folta dei suoi capelli e lo lancia dietro di sé sulla sabbia. Come farebbe un animale, lei scrolla i suoi capelli appiccicati in ciocche oleose e li torce in una sorta di nodo prima di sparire nell'acqua. Che cosa fa lui, il chimico? Dove se ne sta mentre la ragazza nuota? Lui suda sul letto da campo e con tutte le forze tende il suo spirito verso quel movimento agile e gioioso che suscita e tiene vivo in sé, benché a ogni momento gli sfugga.

Fuori qualcuno camminava. Un cavo della tenda urtato si era messo a vibrare e la zanzariera si era sollevata. Perché lui, in piena notte? *Entra. Chiudi la zanzariera*, aveva detto il chimico. Gli aveva gettato una sigaretta. Riky si era accoccolato al suolo e aveva fumato in silenzio. La zanzariera fremeva, scossa dagli insetti. *Allora?* disse il chimico. — *Presto ripartirà?* domandò Riky. — *Sì, certo.* — *Ripartirà con gli altri?* — *Sì, certo.* — *E ritornerà per la prossima stagione?* — *Sicuramente. Anche se non ho niente da fare qui, ora faccio parte della missione. Sì, ritornerò. Penso che la primavera prossima cominceremo le polverizzazioni...* Una locusta era appena entrata attraverso una fessura della zanzariera mal chiusa. Avanzava con precauzione, attirata dalla lampada. Riky aveva avuto un movimento ma il chimico l'aveva fermato: *No! Basta! Finiscila! Sono stanco di vederti uccidere.* La locusta aveva dovuto percepire la loro presenza. Si era appena paralizzata e solo le sue antenne esili e flessibili si muovevano descrivendo dei semicerchi. Sondavano l'aria, una tesa verso Riky, l'altra verso il chimico. Poiché né l'uno né l'altro si muovevano, l'insetto emise un breve stridore. Attese, emise un secondo grido, e apparentemente rassicurato, si rimise in cammino in direzione della lampada. — *Hai notato*, disse il chimico, *che questi insetti si dirigono sempre verso le fonti di luce? Al contrario di noi uomini, che avanziamo voltati verso le tenebre...* Aveva avuto un gesto di irrisione per le proprie parole e aveva aggiunto: *Allora? Che cosa succede? Perché qui in piena notte? — Sono pronto a fare quello che Mère vuole, e ho paura di fare quello che lei vuole.* Parlando Riky spiava la locusta. Disse, dopo un silenzio abbastanza lungo: *Ha visto? Va verso la luce ma sa che al fondo della luce c'è un grande vuoto nero. È questo grande vuoto che l'attira, lo so.* Il chimico non si muoveva. Attraverso il suo silenzio sperava di suscitare nell'adolescente nuove parole, altre frasi come quella. In capo a un istante Riky aggiunse come per se stesso, senza lasciare con gli occhi la locusta: *È così con lei dopo la prima volta che l'ho vista scendere dalla corriera.* La locusta posava delicatamente le une dopo le altre le sue sei zampe e, a mano a mano che si avvicinava alla lampada, diventava traslucida e preziosa. La sua armatura dalle placche articolate mostrava la straordinaria perfezione del suo insieme. I bordi tagliati sottili prendevano un colore d'ambra pallida che si rinforzava sino al rosso cupo là dove la materia chitinosa si faceva più spessa. Le zampe dalle articolazioni delicate assomigliavano a lunghi e fragili tubi d'oro. Trovatosi controluce, l'insetto faceva pensare a un minerale vivente, a una specie di cristallizzazione che si sarebbe messa in movimento. L'eccesso stesso della sua fragilità chiamava alla violenza distruttiva, e ancora una volta il chimico dovette impedire a Riky di uccidere. L'insetto si teneva pesante e gracile sulle sue zampe magre: il suo addome pulsava: i suoi anelli elastici — ciscuna sezione dei quali dipendeva dall'altra attraverso una sottile membrana — si dilatavano e si contraevano. *Vedi là*, disse il chimico, indicando dei minuscoli buchi regolari simili a buchi di spillo al centro di ciascuna sezione, *è attraverso questi orifizi quasi invisibili che respirano. Quando ritornerò, l'estate prossima, avrò messo a punto un composto sufficientemente omogeneo e leggero perché penetri in tutti quei buchi. Un po' come questa nebbia che ogni sera ci arriva dal mare. — L'estate prossima!* disse Riky. Tese il braccio e toccò la cuccetta del chimico. *Resti! Non mi abbandoni.* Cercò lo sguardo del chimico e disse: *Anche Soeur vorrebbe che lei restasse. — Come può lei desiderare che io resti? — Io lo so,* disse Riky. — *Eh?!* fece il chimico. — *Io lo so. Abbiamo parlato di lei questa sera con Père. — Eh?* fece il chimico, *cosa hai detto? — È una femmina,* disse Riky afferrando l'insetto per gli ovopositori. Subito le sei zampe si irrigidirono e restarono scostate dal corpo. L'insetto faceva il morto. Riky lo sollevò e lo avvicinò alla lampada. La luce passava attraverso le parti gracili, sottolineando le articolazioni della sua struttura come se l'insetto fosse di vetro. Apparvero dei piccoli canali dove circolava la linfa, di un tono un po' più dorato della parte chitinosa dell'armatura. *Lei vede*, disse Riky, *come tutto questo si muove all'interno? — E tu hai detto che io ero pronto a... che io sono pronto ad aiutarvi?...* Il chimico sudava, la sua sigaretta inumidita dal sudore si disfaceva tra le sue labbra. La gettò.

Riky aprì la zanzariera. Posò l'insetto sulla sabbia e lo schiacciò con applicazione. — *Perché l'hai ucciso?* gridò il chimico. Riky era tornato dentro la tenda e si era di nuovo accoccolato vicino alla branda. — *Mi piace ucciderli, mi è sempre piaciuto. All'inizio Soeur voleva che io li uccidessi, poi un giorno ha cominciato a detestare che io lo facessi. Mère li teme. Père è contento che li tema. Al villaggio so che li raccolgono e li bruciano. Père sostiene che questo deve succedere e ne è contento.* La tela della tenda fremeva e gli stridìi cadenzati risuonavano molto vicini, sempre più furiosamente. Il chimico diede qualche colpo di canna, e alcune locuste caddero nella sabbia attorno alla tenda. Si fece silenzio. — *Siamo sul territorio della malvagità*, disse Riky, *e siamo obbligati a uccidere*. Uscì nella nebbia e lasciò il chimico.

L'indomani mattina era là, seduto davanti alla tenda. Un po' più lontano, Soeur aspettava con i muli. Il sole saliva veloce tra le fasce di bruma. Il caldo faceva già fumare la spiaggia. Vedendo il chimico, Riky si alzò e si diresse verso Soeur. Le lasciò il mulo e prese la mula che fece avanzare sino al chimico. Lo aiutò a montare sulla bestia che sembrava contrariata di dover sopportare questo cavaliere senza agilità e incapace. Il fratello e la sorella saltarono sul mulo e partirono lungo il mare. Soeur rideva voltandosi continuamente verso il chimico. L'aria era calma e rosa intorno a loro. Con le spalle un po' curve, in quella rilassatezza che procura un trotto leggero, la ragazza si teneva alle anche del fratello. A tratti Riky faceva inalberare il suo mulo, il cui pelo umido fumava. Attendeva che il chimico li raggiungesse. Soeur rideva, il mento posato sulla spalla di suo fratello. Il chimico vedeva da vicino la sua grande bocca e i suoi occhi sprofondati nell'ombra delle ciglia fitte. Vedeva le sua ginocchia incollate al cavo delle gambe del fratello. Erano tutti e due come sdoppiati in quel movimento di rapida ondata che dava loro lo scalpitare della cavalcatura. E mentre la mula che portava il chimico avanzava con un passo inquieto, le orecchie di lepre puntate in avanti e il collo teso, il fratello e la sorella sembravano star seduti sull'aria come se non avessero più peso. A un tratto Riky spinse il mulo nel mare sino al petto e poi tornando sulla spiaggia lo fece girare attorno alla mula che andava ben dritta su quella parte di spiaggia liscia e compatta lasciata scoperta dalla prima onda. Soeur aveva conservato un po' d'acqua nelle mani. La gettò verso il chimico. Ne ricevette delle gocce sui suoi occhiali.

Per una parte della mattinata seguirono la riva del mare, lasciando dietro di loro la Base, il villaggio, le falesie che la foschìa di caldo cancellava. Più volte Soeur gettò dell'acqua al chimico. Lui non sapeva come rispondere al ridere della ragazza. Ridere selvatico e ingenuo che lo metteva un po' a disagio. Ora Soeur non lasciava più con i suoi occhi l'uomo sprofondato sulla mula. Questo sguardo su di lui imbarazzava il chimico, come lo imbarazzava quel ridere di una franchezza insieme deliziosa e impudica. Soeur gli faceva paura e lo attirava. A tratti fratello e sorella passavano così vicini a lui che non avrebbe neanche avuto bisogno di stendere le braccia per toccare quel ginocchio, quell'anca, quel gomito, quella spalla di cui vedeva la grana e le imperfezioni. La sua veste bagnata dal sudore si incollava al suo corpo. Soeur era terribilmente semplice, di una libertà che respingeva. Ma quello che stupiva il chimico e faceva crescere il suo disagio, era il comportamento di Riky: teneva le redini e guidava la sua cavalcatura come se non fosse stato là. Non partecipava. Il suo sguardo fisso sembrava posato su qualcosa che il chimico non poteva afferrare. Questa assenza del ragazzo, questo modo di fondersi con la sua cavalcatura lasciava l'uomo in qualche modo isolato, faccia a faccia con la ragazza selvaggia.

A un tratto, mentre stavano iniziando un sentiero che si elevava sopra dei detriti, il chimico disse che voleva riposarsi. Riky l'aiutò a scendere dalla sua mula. Fece qualche passo e sprofondò nella sabbia. Soeur l'osservava sempre: quell'uomo malato la stupiva. Il sole era alto ora, ristretto e bianco. La foschìa si era dissolta, solo un alone pallido restava al di qua dei differenti piani del paesaggio. Si trovavano al centro di un caos di rocce franate di cui certe erano rotolate lontano nel mare. Il chimico sudava. I suoi occhiali appannati lo infastidivano. Soeur era saltata giù dal mulo. Si era accoccolata nella sua ombra e lo teneva per la briglia. Tirò fuori un chewing-gum cui tolse con cura i differenti rivestimenti. La mise in bocca e lisciando sul ginocchio la carta stagnola dagli orli dentellati, la piegò in lungo sino a farne un laccio esile d'argento che arrotolò attorno a un dito. Alzò gli occhi e si accorse che il chimico la guardava. Si mise di nuovo a ridere. Disse: *Perché non mi dai una sigaretta?* Se ne stava seduta sulla sabbia in una posa libera, senza il minimo imbarazzo. La veste le si era arrotolata sulle cosce, e il chimico soffriva di trovarsi in una posizione tale che doveva proibirsi di lasciar scendere lo sguardo verso l'ombra di quel corpo impudico la cui selvatichezza vista così da vicino cominciava a spaventarlo. Lei disse: *Mi piace tutto quello che viene da lontano.* Fumava, ora, strizzando gli occhi, a piccoli colpi rapidi, la sigaretta stretta tra il pollice e l'indice. Delle locuste camminavano nello spazio libero tra lei e il chimico. Distrattamente la ragazza cominciò a ricoprirle di sabbia. E quanto più lei li ricopriva, gli insetti riuscivano a emergere, si agitavano con una ostinazione meccanica, si vedevano le teste dorate uscire dalla sabbia, poi i toraci e le zampe, ma malgrado i loro sforzi un pugno di sabbia li seppelliva di nuovo. *Ah! smetti!* disse il chimico, *lasciali!* Volle mettersi in piedi, scostò la sua gamba e con un movimento rotatorio, riuscì a strapparsi dal suolo. La ragazza si era alzata anche lei e aveva spontaneamente teso la mano all'uomo che vi si appoggiò un istante. Si sentiva brutto; lo sforzo aveva provocato sul suo volto una smorfia, e questa smorfia gli sembrava che il volto la ritrovasse al minimo gesto, come se sotto la pelle ogni muscolo della faccia si tenesse pronto per questa detestabile esteriorizzazione del dolore. Soeur tenne un istante la mano del chimico nella sua mentre Riky avanzava con la mula. Le sue dita erano forti e ruvide.

Compresso sulla sella dai pomi di legno, il chimico si lasciava portare dalla mula. Il sentiero saliva tra i blocchi di lava nera, svoltava ad angolo acuto e tornava su se stesso, tratto piano dopo tratto piano, e i cavalieri si trovavano ora voltati verso est, ora verso ovest. Raggiunsero il vasto altopiano che dominava da tutte le parti il paesaggio sconvolto. Solo il mare piatto, grigio, senza orizzonte sembrava un elemento stabile in questo scontrarsi immobile di rocce e di polvere vulcanica. Il chimico non aveva mai visto tante locuste. Il terreno ne era ricoperto. A ogni passo i muli ne schiacciavano, tanto che in capo a un attimo i loro zoccoli diventati vischiosi scivolavano come su uno strato di ghiaccio. Riky era saltato a terra, camminava, tenendo le due bestie al morso. Soeur e il chimico erano rimasti sulle loro cavalcature. Cavalcavano ora di fianco, alla stessa altezza. Riky andava avanti, indifferente. Il chimico vedeva la ragazza abbandonata al passo del mulo. Vedeva il suo profilo di un disegno netto contro il caos di rocce spezzate. Masticava il suo chewing-gum e a tratti lo faceva uscire e schioccare tra le labbra. Il suo occhio largo non guardava niente. Masticava. L'insieme era di uno splendore impavido. Condotta dal fratello, teneva le dita affondate nel vello folto del mulo. I piedi nudi pendevano fuori delle staffe. Sembrava senza pensiero; il corpo abbandonato al cammino della sua cavalcatura, avanzava senza movimento contro il disordine pauroso di rocce, faglie, buchi vertiginosi, e il chimico sorrideva con ironia: Io qui? Andavano contro questo paesaggio devastato, dalle ombre ristrette. Avanzavano sul margine del vuoto. Lontano, sotto, il mare rifletteva il sole, il cui nocciolo piccolo e d'una luce liquefatta si spostava parallelamente. *È laggiù, in fondo,* disse lei, indicando, tra i cumuli di rocce ai piedi della falesia, un'ansa di sabbia nera non più grande della lunula di un'unghia. Un sentiero scendeva dritto dentro il dirupo. Aggrappato al suo mulo, il chimico fissava con orrore quel buco immenso dove stagnava il mare e fu preso da una vertigine. Disse: *No, io non posso seguirvi laggiù, una carcassa come la mia arriverebbe in pezzi al fondo di questo abisso. Preferisco restare qui.* E si lasciò scivolare giù dalla mula. Soeur fece schioccare il suo chewing-gum e disse ridendo: — *Vieni sul mulo davanti a me, ti terrò io.* — *No,* disse il chimico, *io sono un povero uomo di città. Andate voi! vi aspetterò qui.* — *Vieni!* Lei insisteva, china verso il chimico che aveva dolcemente attirato per il collo, in modo tale che la sua guancia le toccasse quasi il ginocchio.

Il chimico vedeva sotto di sé il vuoto tra le orecchie del mulo. Gli sembrò di cadere lentamente verso la piccola ansa nera al fondo dell'abisso, e con tutti i suoi muscoli si teneva al pomo della sella. Soeur pesava sulla sua schiena perché il mulo scendeva con un movimento di altalena così precario che a tratti sembrava che il vuoto l'aspirasse in modo da far passare la sua groppa sopra le loro teste. Soeur rideva aggrappandosi al collo del chimico; lo teneva abbracciato, e lui sentiva nel cavo delle proprie gambe la salda spinta delle gambe della ragazza. Un po' più in basso andava Riky, che montava la mula. Non si voltava. E ancora una volta il chimico ebbe la spiacevole impressione che l'adolescente lo abbandonasse a Soeur.

Infine raggiunsero la piccola spiaggia. *È qui*, disse Riky saltando sulla sabbia nera. Liberò i muli e si gettò immediatamente nell'acqua. Soeur lo seguì. Si tolse la veste, come se avesse dimenticato la presenza del chimico. I due adolescenti nuotarono giocando in questo mare senza onde, e il chimico, crollato all'ombra di una roccia, li guardava con intensità mentre si spruzzavano dell'acqua e sparivano sotto la superficie simili a delfini dentro del mercurio. A un certo punto il mulo entrò nell'acqua; Riky lo afferrò per la criniera e si alzò sul suo dorso robusto. Si allontanò lungo la spiaggia. Soeur uscì dall'acqua e venne a sedersi vicino al chimico. Lei ansimava. Le ciglia bagnate rendevano il suo sguardo incerto, molto dolce. La grande bocca rideva, il chimico vide da vicino i suoi denti. Il corpo era disseminato di gocce che a ogni movimento rotolavano sulla pelle per unirsi in esili colate brillanti. Il sole verticale la faceva scintillare. *Vieni a fare il bagno con me*, gli disse, ridendo, e cominciò a sbottonargli la camicia. Lui retrocesse: — *No, io detesto il mare, mi piace guardare*. Lei continuava a slacciare i bottoni uno dopo l'altro. — *Di che cosa hai paura? Vieni con me*. — *No, lasciami!* L'aveva presa per i polsi. Le disse ridendo: *Non fidarti dell'uomo zoppo, la gelosia lo può rendere cieco*. Lei storse il polso e si liberò della mano del chimico. Era là, intera, così vicina a lui! Disse: *Io non sono come i soldati della Base che non sanno che cosa sei tu. Non fidarti di me, io sono cattivo e astuto come Efesto*. Lei disse: — *Dammi una sigaretta*. Il chimico accese una sigaretta e gliela diede. Disse: — *Un giorno il sole fece sapere a Efesto che colei di cui lui era innamorato lo ingannava con un soldato di nome Ares: Che cosa fece Efesto? Forgiò delle catene che tese come una tela di ragno al di sopra del letto degli amanti e li prese lasciando cadere su di loro la sua rete di ferro. Vedi, è meglio se non provochi troppo il cattivo zoppo venuto dalla città*. Parlava sorridendo come se si facesse beffe di ogni parola che diceva. Si lasciò andare sulla schiena e fumò un momento guardando il cielo. Lei mormorò: — *In effetti, tu sei un uomo strano... E come si chiamava lei?* — *Chi?* disse il chimico raddrizzandosi, appoggiato sul gomito. — *Quella che aveva preso nella rete di catene*. Di nuovo vedeva troppo da vicino le spalle nude, i seni, il ventre sul quale l'acqua seccandosi aveva depositato un leggero disegno bianco. Disse: — *Afrodite, la dea dagli occhi glauchi. Lei usciva dall'acqua e raggiungeva i soldati mentre lo zoppo aveva, come si dice, la schiena girata.*

Lei se ne stava seduta sulla sabbia, appoggiata a un

braccio. In secondo piano il chimico vedeva Riky, in piedi nell'acqua sino alle cosce. Puliva gli zoccoli dei muli che docilmente lo lasciavano fare. All'improvviso lei disse: — *Noi siamo infelici. Gli abitanti del villaggio ci odiano. Un giorno ci uccideranno. Mère lo sa. Mère sa molte cose.* Lei posò la mano su quella del chimico, la sua voce divenne debole, appena percettibile: *Père ci ha tutti resi pazzi. Mère lo sa: Père sarà ucciso. E gli abitanti del villaggio ci uccideranno perché Père ha sparso odio intorno a noi.* Si sporse e morse la bocca del chimico.

11

La stagione della deposizione delle uova era arrivata. Ora, nelle ore calde della sera, le grandi femmine ambrate affondavano i loro ovopositori nella crosta bruciata della terra. Inarcate sulle loro sei zampe, introducevano nel suolo la loro semenza. A perdita d'occhio la folla delle locuste se ne stava immobile, volta a ponente, in una sorta di prosternazione muta. *Tempo una settimana*, aveva detto la donna bionda, *e vedrete come per magia, sino all'ultima locusta, tutto sarà scomparso.* Dopo un po' di silenzio lei aveva aggiunto: *Sarà venuto il momento di fare anche noi i bagagli.* Camminava con il chimico lungo la riva del mare. In certi posti le locuste che deponevano le uova se ne stavano talmente strette che era impossibile camminare senza schiacciarne. Solo l'estremo limite della spiaggia, là dove veniva ad arrestarsi il movimento dell'acqua, era libero di insetti. Dopo aver provato ad avanzare nella sabbia, era su questo esile sentiero umido che la donna bionda e il chimico si erano trovati confinati. Di tanto in tanto il chimico si fermava e prendeva appunti su un taccuino. La donna bionda si abbassava e dissotterrava pugni di uova. *Tutti questi*, aveva detto, *si schiuderanno molto in fretta... — Che cosa intende lei per molto in fretta?* domandò il chimico. — *Un mese, un mese e mezzo al massimo. Le larve si spargeranno sulla superficie del suolo e lentamente cominceranno il ciclo delle mutazioni che le porterà alla luce.* Il chimico aveva riso. — *Ah!* disse lei, *sono stanca del vostro eterno farvi beffe. È la parola luce a farvi ridere?* — *Se vuole... piuttosto il tono in cui diciamo di constatare che certe parole hanno scavato un tale solco da attirare a sé una serie di altre parole...* Scrisse sul taccuino: mutazione porterà-alla-luce-ciclotrasformazione-sublimazione... Glielo porse. Lei lo prese, decifrò la sua calligrafia di mancino e glielo restituì. — *Lei si inganna*, disse, *l'entomologia non cerca di produrre una metafora per appoggiare qualche vaga idea di un altro mondo. Al contrario.* Rise e gettò in mare una manciata di ghiaia: *In effetti*: porterà alla luce *assume un senso un po' troppo ottimista, ma creda, nel mio spirito non esaltava niente.* — *È quello che dicevo io*, la canzonò il chimico, *si impiegano alcune serie di parole che esprimono delle idee che non ci appartengono. Poco fa, per esempio, lei ha parlato di genuflessione a proposito di queste simpatiche bestiole incinte, quando mi ha fatto notare che erano tutte voltate a ponente.* — *Non ho mai usato quella parola*, esclamò la donna bionda. — *Eh? Tenga!* Le tese di nuovo il taccuino. *È annotato qui.* — *La finisca!* Si era fermata davanti a lui — *Come può vivere con questo perpetuo sarcasmo? Lei è il tipo più strano che io abbia mai incontrato. Non le capita mai di dirsi: uffa, non gioco più.* — *Ma io non gioco, ci si gioca di me ma io non gioco. O se lei preferisce io sono stato giocato, messo nel sacco — bella parola.* Annotò, ripose il taccuino nella tasca della giacca e continuò a camminare rigido, leggermente irregolare, di una eleganza strettamente controllata. Lei lo lasciava andare, restando immobile sulla riva. Le sarebbe piaciuto sapere. Cosa? Lei non sapeva cosa. Sapere! Raggiunse il chimico e lo prese per un braccio: — *Che cosa ha fatto loro? Che cosa le ha promesso?* — *Io? Niente.* — *Lei crede che io non sappia cosa succede nella sua tenda?* — *Nessuno vi impedisce di spiarmi*, disse il chimico sempre ridendo. *Anche lei è la benvenuta, nessuno le impedisce di venire. È come per l'uscire alla luce o la genuflessione di poco fa, lei è una ragazza che si lascia un po' troppo andare alle sue impressioni.* Si liberò il braccio e proseguì la sua strada con passo serrato. Lei camminò un momento vicino a lui senza dire niente. Ancora una volta lo tenne per un braccio: — *Gli ha veramente promesso di farlo uscire di frodo?* — *Non ho promesso niente, ho detto che mi sforzerò di provarci. Ma attenzione! Lei non si immischi.*

La luce scese di colpo: il sole era appena scivolato dietro le montagne. Una macchina della Base passò sopra di loro e andò a posarsi in silenzio dalla parte degli hangar. Il chimico e la donna bionda deviarono in direzione del campo le cui luci si erano appena accese. All'improvviso si trovarono davanti Père. Portava sulle spalle delle lenze e delle reti. Passò senza dare loro uno sguardo, come se non si fossero trovati sulla sua strada. Uscì dall'ombra e subito vi si immerse. L'udirono manovrare l'argano e mettere la barca in acqua. L'apparizione era stata così rapida che né il chimico né la donna bionda si erano mossi; erano rimasti piantati nella sabbia, ad ascoltare i rumori sordi della barca che scivolava a secco, seguito dall'urto della prua che incontrava l'acqua. La donna mormorò: *È davvero terribile.* Bruscamente la lampada a carburo proiettò la sua luce e videro l'uomo, la barca, la superficie dell'acqua simile a una tela nera, molto più vicina di quanto immaginassero. L'insieme staccava con una particolare precisione sullo spazio della notte. La luce prodotta dalla lampada a carburo era netta, ghiacciata, ciascuna piega della casacca dell'uomo prendeva un rilievo tagliente. A tratti il viso terribile appariva chiarissimo, solo gli occhi restavano nelle loro cavità nere, sotto l'arcata sopracciliare. L'uomo metteva ogni cosa al suo posto, disponeva le reti e le lenze davanti, senza affrettarsi. Lo sentirono bestemmiare quando gettò a mare delle locuste che si trovavano nella barca. L'insieme rischiarato come al centro di un uovo di luce scarrocciava ma l'uomo non se ne preoccupava. Appese la lampada a una specie di sostegno a T di ferro che sporgeva sulla parte sinistra della barca e accese il motore. Si mise al timone, lo sguardo rivolto verso lo sperone roccioso dove era la sua casa, si allontanò sulla lastra del mare. Il chimico e la donna bionda non si erano mossi, erano troppo avidi e insieme impauriti di sorprendere tanto da vicino quell'uomo così misterioso.

Ha visto, disse il chimico, *rema all'indietro senza smettere di guardare la piccola luce là in alto. Quest'uomo apparentemente così calmo porta in sé una terribile carica di violenza. Ogni volta che mi capita di incrociarlo sulla spiaggia, di vederlo andare dritto in avanti con quello sguardo... io mi dico: Tu devi restare fino all'ultimo, tu non devi perdere il momento in cui succederà.* La donna bionda gli toccò il braccio. Mormorò con voce incerta: — *Lei vuol dire...* — *Sì,* rispose il chimico, *voglio dire che succederanno delle cose. A meno che non si tirino fuori di qui, lei e lui... O almeno questo matto di ragazzo. L'altro giorno, mi hanno portato su una piccola spiaggia nera, perduta laggiù verso i cementifici. Perché hanno tenuto a farmi andare a rompere le ossa in quell'abisso? C'è in tutto questo qualche cosa di fatale, di venuto da altrove che mi tiene terribilmente nell'incertezza. Lei ha notato come uccide? Con che lentezza applicata schiaccia le sue simpatiche bestiole? E lei, lei! Una pura meraviglia di selvatichezza che quegli imbecilli della Base confondono con la sua mula! Capisce perché io resto? Sono deciso a restare. Io non riparto con la missione. Io resto. Io voglio vedere, vedere! Voglio essere là il momento che...* — *Ascolti,* disse la giovane donna. Pervenne loro un leggero rumore, un tintinnìo regolare come se un minuscolo tiro discendesse il sentiero. Lei passò lì vicino. La videro sorgere dall'ombra, esitare nell'indovinarli immobili nella notte, poi ripartire con passo rapido in direzione della Base. Un momento ancora udirono il rumore fragile dei suoi braccialetti allontanarsi... la voce di un uomo... di più uomini dalla parte dell'hangar... Gli esili raggi di qualche lampada elettrica si incrociarono e fu di nuovo silenzio. — *Questa donna è estremamente inquietante,* disse il chimico. — *Io la trovo priva di interesse*, disse la donna bionda, *assomiglia a tutte queste donne cariche di cerchi d'oro dallo sguardo duro e sfuggente.* — *Queste donne la detestano*, disse ridendo il chimico, *si metta al loro posto: come la vedono con le sue gambe al sole? E lei, crede che assista senza irritazione alla sua maniera di accaparrarsi il ragazzo?* — *Ah no!* urlò la giovane entomologa. *Non si immischi! Lei si immischia un po' troppo in tutto questo!* Andò verso il campo dalle tende illuminate. Il chimico restò solo. Alzò i suoi occhi verso lo sperone di roccia dove sapeva che era la casa di Père e disse a mezza voce: *Perché no?* e cominciò ad andare a tentoni per il sentiero.

Vide della luce nella scuderia. Avanzò sin sotto la tettoia e si appoggiò contro il pilastro in legno al quale erano appese vecchie selle e finimenti. Riprendeva fiato a fatica. Sotto la lampadina elettrica giallastra che pendeva a nudo se ne stavano nei loro box la mula e il mulo. A torso nudo, lucente di sudore, Riky strigliava il mulo. Gettava a terra i brandelli di borra che strappava al vello spesso, e il mulo voltava la testa, cercando di prendere tra i denti il polso dell'adolescente i cui gesti netti lo facevano trasalire. Un po' più in alto, seduta con le gambe che pendevano al bordo del soppalco, se ne stava quella alla quale il chimico non cessava di pensare dopo che lo aveva morsicato sulle labbra. Illuminata dal di sotto, lei pareva galleggiare a mezz'aria, sospesa alla sua ombra smisurata tra l'incastrarsi di travi. Si chinava verso il fratello e gli parlava con voce un po' rauca. Lui non alzava la testa, continuando a strigliare a gran gesti secchi il mulo la cui borra polverosa sembrava sollevare del fumo. Lei disse: *Farò come Mère vorrà. Tu non me lo impedirai. Io sono con lei.* Riky cessò di passare la striglia, appoggiato alla spalla del mulo, le dita affondate fermamente nel vello, disse, rialzando il viso verso Soeur: — *Se continua io la ucciderò. Sono pronto a farlo. Non accetto che ci tenga sotto la sua influenza. So che finirò per farlo.* Ricominciò a strigliare il treno posteriore del mulo la cui grande testa dagli occhi umidi si voltava verso di lui. Soeur batté le gambe con furore e lanciò una manciata di fieno verso suo fratello: — *Uccidere! Non parli che di uccidere, uccidere, uccidere!* Lui sogghignò. — *Non lo dico così per dire. La ucciderei come si uccide un insetto pericoloso. Mi piacerebbe ucciderla come mi piace uccidere queste luride bestie che salgono dalla terra. Senza di lei tutto era tra noi e Père. Ora lei è là. Ecco quello che farò.* Rise e afferrò la caviglia della ragazza che cominciò a tirare verso di sé. Lei lo respinse, scuotendo le gambe, ma lui non la lasciava, e, benché lei si tenesse all'orlo del soppalco, riuscì a farla discendere, a poco a poco, nel vuoto e a riceverla nelle sue braccia. Dietro il pilastro della tettoia, il chimico si spostò un poco.

Se ne stavano in piedi nello spazio stretto tra il mulo e la sponda del box. Lei appoggiò la guancia contro il petto di suo fratello. Disse: *Accettala. Non devi temerla.* Lui si scostò e disse: — *Fuggirò. La ucciderò e fuggirò. Il chimico mi aiuterà a fuggire. Ho paura di lei, ho paura del suo sguardo. Sai dove si trova in questo momento? Come sopportare questo.* Lei disse: — *Mère è libera. Lui la lascia libera. È come se l'avesse ripudiata. L'ha detto davanti a noi. Allora perché questa rabbia furiosa?* Lui riprese a strigliare e strofinò con colpi forti il fianco del mulo. Disse: — *Allora fuggiamo insieme. Ha promesso di aiutarci. Farà tutto quello che tu vuoi.* Meraviglia! Ah, meraviglia! si diceva il chimico nascosto. Lei uscì dal box e ritornò all'altezza di Riky: — *Io non voglio niente da lui. Non è come noi né come loro, là in basso.*

Lei uscì correndo e si diresse verso la punta dello sperone roccioso, sino al vuoto. Sotto di lei brillavano le luci della Base, più vicino alla falesia vedeva le tende della missione entomologica simili a piccole lanterne di carta oleata. La foschìa non si era alzata quella sera sul mare, la notte era chiara, di una tale limpidezza che credette di percepire lontano sull'orizzonte la scintilla mobile della barca di Père. Quando era passata vicino a lui, il chimico si era ritirato dietro il pilastro, confondendosi agevolmente con selle e finimenti. Incerto sul suo corpo, esitava. Le sua ossa soffrivano. Aveva sempre fatto sua la sofferenza al punto da provarne una specie di esultanza. E tirando la gamba verso il profilo che distingueva appena sulla punta dello sperone di roccia, si diceva: Tu qui, a strisciare verso questa ragazza selvaggia! Tu! e sentiva ancora sulle sue labbra la sua fuggevole morsicatura. Disse senza alzare la voce: *Sono soltanto io*. Lei si era voltata. — *Tu chi?* Lei aveva riso: *Tu, chimico? Ma che cosa ci fai qua? Perché sei salito?* — *Senza dubbio per il piacere di soffrire*. Tese la mano nell'ombra per toccarla — lei retrocesse. — *Ascolta!* Un leggero tintinnamento si avvicinava per il sentiero della spiaggia. Mère passò non lontano senza vederli. Il suo profilo si immobilizzò un istante davanti all'apertura illuminata della scuderia poi disparve.

— *Vieni!* disse Soeur. E lo trascinò verso il retro della casa. Entrarono in una stanza bassa dove si trovava sul pavimento un materasso ingombro di cuscini. Lei disse: *Io dormo qui. Dammi una sigaretta*. Il chimico prese un pacchetto: — *Tienile tutte. E quando partirò te ne lascerò molte altre*. Il cilindro di carta tremò quando lo mise a contatto del fuoco. Si lasciò cadere in mezzo ai cuscini: — *Siamo tutti terribilmente sospettosi. Nessuno deve sapere che tu sei venuto qui*. Il chimico si era lentamente abbandonato sul materasso. Rudemente la ragazza venne vicino a lui e gli posò la mano sul collo: *Tu mi piaci, tu non ci assomigli*. Con il suo braccio buono il chimico voleva attirarla ma lei si scostò con vigore: *Non qui. Non ora. Non in questa casa. Tu non dovresti essere in questa casa*. Lei aspirò un momento, la testa abbassata, i capelli informi e unti che ricadevano in massa sino alle ginocchia. Sollevandosi di colpo disse: *Togliti gli occhiali, chimico, voglio vedere i tuoi occhi*. Lui disse: — *Se mi tolgo gli occhiali non ti vedrò più*. Lentamente fece risalire le lenti scure sulla sua fronte. Lei lo esaminò in silenzio, trattenendo lo sguardo pallido del chimico nel suo. Lei disse: — *Mi fido di te. Tu non sei né come loro né come noi*. All'improvviso assunse un'aria supplice: *Chimico, tu devi impedirlo. Sono sicura che tu puoi impedirlo. Portalo con te. È entrato in lotta con lei piuttosto che entrare in lotta con Père. Io non voglio che lei ritorni sulle montagne. Lei ci difende contro il silenzio di Père. Conosce i segni. Non teme né il ferro né le pietre, non teme niente, è terribilmente forte. Più forte di Père.* — *L'ho incrociato al cadere del giorno sulla spiaggia,* disse il chimico, *e l'ho visto mettere la barca in mare e andarsene verso il largo. È impressionante, in effetti... e sembra insieme di una solitudine e di una tristezza assolute.* Fece un gesto della mano per cancellare queste parole e aggiunse sul tono d'ironia che gli era abituale: *È il genere d'uomo che gli antichi dèi trasformavano in scoglio, lui e la sua barca.* Lei ebbe questa risposta: — *Ma Père è una roccia. Tutto quello che si avvicina a lui si spezza. Ha spezzato Maman, ha spezzato noi, Riky e me. Solo Mère gli resiste. Lottano tutti e due in silenzio. Quando l'ho vista scendere dalla corriera, ho subito pensato di compiangerla. Père l'ha presa nelle sue braccia e le ha fatto varcare la soglia senza che il suo piede toccasse il gradino di pietra. Lei era leggera e incurante quel giorno. Io la compativo. Vedeva dappertutto insetti che si trascinavano sul terreno e sui muri e ha detto: Non credo che lo sopporterò. Siamo scesi sulla spiaggia. Voleva verificare quell'acqua. Non poteva credere a tanta acqua. È entrata nel mare e ha assaggiato l'amaro. Non riusciva a credere alla realtà di tutto ciò. Era la prima sera, siamo rimaste tutte e due sulla spiaggia e quella sera ho capito che non avrei potuto mai più fare a meno della sua presenza. Abbiamo parlato di Maman e mi ha detto che non aveva scelto di venire in casa di Père più di quanto lei stessa non aveva scelto di scendere dalle montagne. Mi ha detto che da allora saremmo state come due sorel-*

le, che non dovevo più temere niente, che lei possedeva il Segreto.

La ragazza frugò sotto un cuscino e trovò dei chewin-gum. Ne offrì uno al chimico che rifiutò. Disse ancora masticando la pasta dall'odore sintetico: *Da allora, lei lotta in silenzio con la roccia. Tra loro, la lotta è cominciata la prima sera, quando siamo risalite dalla spiaggia. Ho visto subito tutto. Mère può essere viva come un serpente, e allo stesso tempo è paziente come il serpente.*

12

Gli stridori delle locuste avevano taciuto all'improvviso sul caos di rocce e di sabbia. Ora le uova maturavano dolcemente nella spessa notte della terra; il flagello lavorava, sotto, ancora più minaccioso per la sua assenza di segni.

La missione entomologica era ripartita, solo il chimico aveva scelto di restare. Abitava alla Base; i militari gli avevano dato una camera nell'alloggio degli ufficiali. Su questa riva senza stagioni viveva in attesa. Non voleva impedire niente, solo trovarsi là il momento in cui... Qualcosa succedeva là in alto nella piccola casa in cima allo sperone roccioso, discosto dal villaggio. Che cosa? Un giorno Soeur gli aveva detto: *Alla fine, ha rinunciato a lottare contro di lei.* Il chimico avrebbe voluto saperne di più ma lei aveva evitato le sue domande ridendo. Un'altra volta aveva detto: *Ora Riky è con noi.* Lei era gioiosa, inafferrabile, il chimico tentava di trattenerla, lei gli sfuggì correndo per la camera, toccando tutto, frugando nelle tasche dei suoi vestiti e nei cassetti, prendendosi quello che le piaceva: *Chimico, mi dai questo? E questo, me lo dai?* Che cosa era accaduto? Da dove le veniva questa improvvisa leggerezza? L'aveva afferrata per i polsi: — *Allora, dimmi!* Era venuta vicino a lui sul letto: — *Mère è riuscita a infiltrarsi in lui a poco a poco, il fluido è entrato nella sua pelle e ha lenta-*

mente vinto i suoi pensieri. Tutto succede come Mère aveva deciso la sera che aveva lasciato cadere il foulard sul sentiero. — *Quale foulard? Che cosa? Come?* Gli era di nuovo sfuggita ridendo: — *Ora noi siamo uniti tutti e tre, l'uomo di roccia non potrà più schiacciarci.* Se ne era scappata dagli ufficiali dove l'aveva sentita scherzare con loro a tarda notte.

Questa ragazza è completamente toccata, aveva detto il tenente al chimico, *chieda un po' al medico, glielo dirà: diffidenza! Anche l'altra non è sana come si deve, dico della donna del vecchio: diffidenza, diffidenza.* Al chimico non piaceva il tenente ed evitava finché era possibile di frequentare la mensa ufficiali. Quando non saliva sull'altopiano per osservare con il binocolo la casa di Père o il villaggio, restava nella sua camera a prendere appunti sul suo taccuino facendo piccoli esperimenti sulle larve delle locuste che Riky gli portava. Erano delle specie di ombre traslucide munite di piccoli uncini neri con i quali scavavano il suolo per spostarsi. Le immergeva in differenti soluzioni e le guardava morire, persuaso dell'inutilità del suo atto, ma senza riuscire a non lasciarsi affascinare dall'arresto di quella vita. Riky si accoccolava in un angolo della camera e fumava le sigarette che il chimico gli dava. Non diceva niente, lo sguardo obliquo e il viso chiuso. *Cosa succede, Riky?* chiese il chimico. — *Niente, perché? Non è successo niente e non succederà niente.* Si alzava e se ne andava. Quello che Riky non diceva, è che si era deciso a lasciare la casa di Père. Sapeva che se non si sottraeva, se non fuggiva, niente poteva distoglierlo da quella che gli incuteva desiderio e terrore. Quando aveva raccolto il foulard impregnato del suo profumo di donna, e se lo era stretto contro il viso, aveva agito con la semplicità dell'animale che non può sospettare il veleno dentro il boccone. Come avrebbe potuto immaginare che attraverso quello straccio lei si sarebbe insinuata in lui, lo avrebbe penetrato e obbligato ad accoglierla attraverso i suoi pori prima che il suo spirito ne fosse consapevole? A poco a poco quel pezzo di tessuto l'aveva chiuso in un cerchio ossessionante. Lo palpava, lo odorava, ne andava matto per la sua morbidezza, la sua fluidità. Nel momento in cui l'aveva raccolto e portato nel suo stambugio poteva sospettare che era lei in persona che raccoglieva e portava con sé? L'aveva fatto senza pensarci, senza immaginazione, era il suo corpo di adolescente che agiva senza che lui sapesse veramente in che cosa il suo gesto era pericoloso, verso quale futuro lo metteva in cammino. L'indomani si voleva sbarazzare di quella presenza profumata che lo umiliava. Gettò il pezzo di stoffa in un angolo della scuderia. Qualche giorno dopo andò a recuperarlo per nasconderlo di nuovo nello stambugio dove dormiva. Ecco con che mezzo Mère affondò in lui il suo segno. Sono sul punto di diventare il suo cane, si diceva lui, e sognava ancora di sbarazzarsi di quello straccio. Una notte salì la scala di legno e lo depose senza fare rumore davanti alla porta di Mère. L'indomani lo trovò là dove lo nascondeva abitualmente. Fu spaventato e si persuase di averlo portato in sogno davanti alla camera di lei. Ma Mère fece in modo che lui sapesse che era stata lei a rimetterlo nel suo nascondiglio.

Quando si trovò seduto a tavola di fronte a Père, e Mère e Soeur li servivano, comprese dallo sguardo di Mère, insistente, tenace, e dal mezzo sorriso che manteneva sul suo volto, che tra lei e lui c'era ora quel segreto umiliante. Il silenzio abituale, i gesti abituali erano quelli di sempre, di quel rito meccanico che alla lunga si era costruito intorno al prendere insieme i pasti. Se ne stavano ciascuno nei propri limiti esatti. Così evitavano ogni parola, ogni sguardo. In questa atmosfera di estrema tensione, il modo di girare gli occhi o di chinarsi sul cibo parlava. C'era tra loro l'eloquenza degli animali che si vedono agire misteriosamente tutti insieme in un perfetto silenzio. Quella sera, le vibrazioni ondose di Mère passavano su tutti loro, solo Riky sapeva che cosa volevano dire esattamente. A un tratto Père disse: *Basta!* voltandosi verso di lei. *Che cosa succede? Parla!* Lei rise e disse: — *Tu hai ucciso la parola tra noi dal primo giorno. Ed ecco che ora vorresti udire le parole del nostro silenzio davanti a te?* Venne con vigore contro la tavola, si chinò su Père e restò un istante con lo sguardo nel suo sguardo. *Ecco*, disse, *ho risposto alla tua domanda.* Lui abbassò la testa e disse: — *Mi dispiace. Mi dispiace davvero. Noi abitiamo sul territorio della malvagità.* Pronunciò queste parole, si alzò e uscì. Riky lo seguì con gli occhi e ancora una volta prese coscienza che l'uomo solido e temibile stava perdendo vitalità. Quella schiena informe nella sua casacca sbiancata dal sale liberava la stessa potenza, l'andatura restava anche sicura e calma e tuttavia qualche cosa di molto lontano in lui si era incrinato, e questa crepa percepita da Riky, di sfuggita, mentre Père fece i passi che lo separavano dalla porta, provocò nel ragazzo un movimento di pietà seguito all'istante da un indietreggiamento pieno di odio. Si guardava intorno, vide Mère e Soeur ferme sotto il cerchio chiaro della lampada. Si era alzato; si rimise a sedere. Il *mi dispiace* di Père gli bruciava. Mère venne vicino a lui. Posò le sue mani su di lui. Lui sentiva il suo ventre contro la schiena. Disse: *La prossima volta non è davanti alla mia porta che depositerai ciò che per noi sta al posto delle parole.*

L'aveva preso al suo laccio. I suoi mezzi sorrisi, i suoi sguardi obliqui glielo dicevano. Ma lui non voleva. Rifiutava questo segreto. Allo stesso tempo, quando era solo, fuori dalla sua vista, si sentiva pieno di impazienza e di un desiderio astioso. Avrebbe voluto stringere, stringere quel foulard intorno al suo collo, obbligarla a chiudere gli occhi, a perdere quel sorriso dove c'era troppa certezza. Devi lasciarli, si era detto Riky. E questo fu un brusco sollievo. Quando si trovò come ogni sera a tavola di fronte a suo padre, disse: *Anche a me dispiace,* come se queste parole rispondessero con più giorni di ritardo al *mi dispiace* detto da Père. L'aveva pronunciato fissando Mère che se ne stava in piedi indietro nella mezzombra. Il suo *mi dispiace* suonò come una parola di resa. Tutti l'intesero come tale. Père alzò lentamente il capo e incrociò senza fretta lo sguardo del figlio. Forzò il figlio a riportare verso di lui lo sguardo che fuggiva. Disse: *Lei ci ha sconvolti, ci ha messo fuori strada.* Si alzò e uscì. Riky si alzò e lo seguì. Era notte. Père si trovava sotto la tettoia, metteva insieme le reti e le lenze. — *Père,* disse Riky. — *Che cosa vuoi?* — *Père!* Non aveva niente da dirgli ma avrebbe voluto penetrare nella sua solitudine, disturbarlo nella sua solitudine. All'improvviso si sentì pronunciare: *Domani io parto. Devo partire.* — *Ah, bene,* disse Père. *E dove conti di andare?* Credette di vedere brillare i denti di quell'uomo massiccio la cui sagoma occupava tutto il cielo davanti a lui. — *Sono venuti dai cementifici al villaggio per assumere.* — *Eh?* fece Père. Sembrò a Riky che fosse spaventato o almeno inquieto all'idea di ritrovarsi solo con Mère e Soeur. Forse Riky immaginava questo e in realtà Père non provava che disprezzo e indifferenza. La sua massa contro il cielo si spostò un poco. Père prese la lampada a carburo. Il carburo soffiò e la fiamma azzurrognola scaturì tra loro. Ora erano insieme nella luce: — *Credi che laggiù saranno pronti a pagare chi nessuno qui vorrebbe neppure gratuitamente?* — *Formano squadre di addetti a far brillare la dinamite*, disse Riky, *i premi d'ingaggio sono notevoli.* — *Tu farai come piacerà a lei.* Posò la lampada al suolo, raccolse le lenze e le reti che si gettò sulle spalle: riprese la lampada. Al momento di voltare la schiena, disse come se stesse ripetendo delle parole preparate: *Che la mia posterità sia votata allo sterminio! Che sia cancellata dalle generazioni seguenti!* E se ne andò. Riky aveva ricevuto queste parole senza afferrarne il senso. Solo il loro tono solenne, definitivo, eccessivo lo lasciò stupito. Père aveva preso il sentiero. Riky restò a lungo a guardarlo diminuire al centro dell'irrisorio alone di luce che si spostava con lui. Lo vide attraversare la spiaggia e tirare la barca che mise in mare. Visto da quell'altezza, con lo spessore infinito della notte intorno, l'uomo temibile chiuso in quella macchia di luce che ora si indeboliva allontanandosi non aveva più importanza, non era più che un infimo palpito, una escrescenza della fiamma azzurrognola di carburo che un niente poteva agitare. Pensò: Sì, siamo fuori strada. Tornò nella sala. Disse: *Io parto domani. Sono venuti dai cementifici ad assumere al villaggio.* Lei dava la schiena alla luce, indaffarata nella parte in penombra della cucina. Soeur era vicino a lei. Tutt'e due interruppero i loro gesti e restarono un istante in una immobilità parallela, le loro braccia piegate sul petto, senza lasciare cadere gli oggetti che tenevano. Mère si voltò: — *È questo che sei andato a dirgli?* — *Gli ho detto che assumono per formare squadre di addetti a far brillare la dinamite.* — *Gli hai detto questo?* — *Gli ho detto che è tempo.* — *E che cosa ti ha risposto?* — *Farai come piacerà a lei.* Mère posò il piatto ed entrò nella luce scesa dal cono di ferro. Disse. — *Parti. Vattene! Sparisci! Allontanati, è bene che ti allontani per provare la forza del laccio che ti tiene. Va'!* Lo prese per le spalle e lo spinse di fuori.

Quella notte lei venne. Riky sapeva che quella notte sarebbe venuta. L'aspettava disteso sulla schiena. La notte era vuota, senza stridori di insetti, senza che alcun suono ne indicasse l'ampiezza. Anche i muli nella scuderia se ne stavano silenziosi. Lei fu là anche prima che lui avesse inteso il leggero fruscìo che abitualmente accompagnava i suoi gesti. Si era materializzata come se la notte fosse diventata più opaca, più densa, là dove sentiva che si era fermata, benché senza contorni visibili. Non percepiva né il suo profumo né il suo respiro. Era là, senza segni accessori, presente, tutta la volontà raccolta, simile a un pugno chiuso dal quale niente fugge. La seppe immobile nel rettangolo invisibile della porta. Poi si spostò, sempre senza fare rumore o respirare; venne obliquamente sino al letto, si immobilizzò di nuovo, e Riky sentì che soltanto tendendo il braccio lui e lei avrebbero potuto toccarsi. Ma non si muoveva. Sdraiato sulla schiena, si sentiva assente: Lei sta per rubarmi a me stesso, io sto per perdermi. La afferro per il collo e arresto la sua vita, l'annientо per ritrovarmi solo davanti a Père e riprendere la lotta contro l'uomo di roccia. Devo farlo ora. E balzò dal letto, le due mani in avanti, ma non afferrò che il vuoto. Eppure la sentiva là, dappertutto attorno a lui. Si mise in movimento attraverso il suo stambugio cercandola alla cieca senza riuscire a toccarla. Non accese la luce elettrica preferendo cercarla a tastoni, nell'assenza della notte. Ma lei era scappata.

Uscì nel cortile dove una specie di nebulizzazione piuttosto che una pioggia faceva scintillare il terreno e le cose informi che vi si trovavano abbandonate. Restò un attimo con il viso alzato, a ricevere quella nebulizzazione tiepida. Nella scuderia i muli si misero a soffiare e a battere il suolo con gli zoccoli. Andò sotto la tettoia e constatò dall'assenza di reti e lenze che Père non era ancora rientrato. Tornò al centro del cortile e restò a lungo a fissare la finestra della camera di Mère. Si disse: È il momento, è ora... Domani sarò nel cratere del cementificio (sospeso lungo la parete tagliata netta... al fondo, molto lontano, le apparecchiature che dopo ogni tiro di mina sgomberano le rocce frantumate mentre gli addetti, simili a dei ragni a un capo del proprio filo stanno imbragati lungo la parete... sospesi, inarcati sulle gambe, scatenano la violenta mitraglia dei compressori le cui punte sussultano affondando nella parte di roccia lasciata nuda dalla precedente esplosione...). L'umidità aveva attraversato la canottiera che non aveva pensato di togliersi quando si era gettato sul letto. La sollevò e la lasciò cadere dietro di sé, ritrovandosi a torso nudo in mezzo al cortile. Agiva senza pensare, senza preoccuparsi della visione che offriva a quella che doveva osservarlo. Sembrava obbedire a impulsi venuti da spazio e tempo che non erano quelli nei quali si muoveva. Agile, silenzioso, salì la scala di legno e bussò alla porta che Mère aveva lasciato socchiusa. Ora, è ora. Avanzò di nuovo, le mani in avanti, cieco nell'oscurità della camera. Era così forte la presenza di Mère in piedi nel buio, che lui si girava e si dirigeva molto precisamente, le mani sempre in avanti, sentendola con le terminazioni nervose delle sue dita, là, poi là, magnetizzato, teso verso di lei che si muoveva con cautela, senza spostamento d'aria e senza rumore. Sudava, il sudore gli colava sul volto, sul torace. Non toccò nessun mobile, andava con la sicurezza d'un gatto da una parte all'altra di questo spazio invisibile, condotto, tirato da lei. Alla fine la toccò. Sotto le sue mani sentì una spalla, il collo. Sempre cieco, riconobbe il suo viso che teneva ora come avrebbe tenuto in aria davanti a sé una cera tiepida. Poi non riconobbe più nulla.

Nessuno lo vide all'alba scivolare fuori della camera di Mère, non più di quanto la notte seguente ci fossero testimoni quando lui vi tornò. Come la notte precedente, spinse la porta rimasta socchiusa e penetrò nella camera al buio, dirigendosi con precisione verso quella che non vedeva ma che tutte le sue terminazioni nervose presentivano intera, là, immobile e senza respiro al fondo dell'immensa caverna scavata dalla notte. Lei lo aspettava al fondo della trappola della notte e Riky, con l'andatura fluida e cauta dei gatti, si diresse senza esitare verso quella strozzatura invisibile. Non pronunciavano nessuna parola. Soltanto il loro respiro accelerava al momento dei gemiti, poi dolcemente si calmava. Mantenevano tra di loro lo spazio incerto della notte, così evitavano di mettere in forma visibile la rappresentazione di quella sorta di assassinio che compivano insieme... di quella ripetizione dell'assassinio che sapevano tra loro dall'istante in cui i loro sguardi si erano scontrati. Se ne andava prima che fosse giorno. Era la loro seconda notte. Uscì sul ballatoio di legno e respirò l'aria satura di acqua. Lontano, al di sotto, sulla spiaggia, un piccolo quadrato di luce faceva come un buco giallo nella massa informe degli edifici della Base. Ebbe voglia di correre lungo il sentiero, di andare a battere a quella lontana finestra e di gridare al chimico che non aveva niente da fare lì, tra loro. Ora niente avrebbe potuto fermare chi era stato appena messo in movimento. Nello stesso momento la piccola luce si spense e lui percepì a est il chiarore spettrale che precede il giorno. Discese le scale di legno. Girò intorno alla casa. Si avvicinò a una porta stretta, molto bassa, che non aprì completamente, socchiudendola per introdursi, sparire là dove sapeva che dormiva Soeur. Avanzò sino al materasso posato al suolo e s'inginocchiò, le mani in avanti. Dolcemente posò le mani sull'anca e sulla spalla della ragazza. La mosse in un lento dondolìo, volendo e non volendo svegliarla, sino a che lei si voltò senza tuttavia uscire dal sonno. Le sue mani palparono la massa insieme grassa e ruvida dei suoi capelli, scostò le ciocche di cui sentiva il tepore vischioso sui polsi, penetrarono sotto le due cascate quasi viventi di questo impossibile vello e afferrarono la dolcezza aspra del suo volto, tenendola per il viso, non più del tutto addormentata né veramente sveglia, sentendo sotto le proprie dita le tempie della ragazza, e le sue guance nelle proprie palme. Si piegò, sempre senza vederla, e dolcemente sfregò il suo naso contro il naso di lei addormentata che emise un sospiro e mormorò: *Sì, Riky*, gettandogli le braccia sopra, prendendolo mollemente per il collo e chiudendolo su di lei in un dondolìo cullante pieno del suo sonno, stringendolo come se avesse voluto stringere il sonno stesso, nell'intento di avvolgerlo nella dolcezza del suo sonno. Parlò contro la sua bocca, sussurrando le parole senza staccarle bene, posandole proprio nel sonno che gonfiava le labbra della ragazza: — *Sono appena stato da lei*. Lei disse: — *Lo so*. Lui le si allungò contro e si addormentò.

13

Ora viveva in attesa della notte. Dopo aver curato i muli, si sdraiava nel suo stambugio e pazientava. Con gli occhi aperti guardava l'oscurità stringere lo spazio sino a ridurlo a quel niente senza limiti nel quale poteva muoversi senza vedere e senza essere visto. Attendeva che il giorno si ritirasse, che la casa si cancellasse con le sue forme e i suoi rumori. Le mani incrociate dietro la testa, spiava in una totale immobilità. Infine si alzava. Dolcemente andava attraverso il vuoto umido della notte con la fretta di uscire, di attraversare il cortile, di ritrovare sotto i suoi piedi nudi gli scalini di legno bagnato, il ballatoio, l'asciutto del pavimento in cemento e poi il secco ruvido della stuoia davanti al letto, e alla fine i drappi informi gettati in disordine in mezzo ai quali lei giaceva in attesa immobile. Come se le sue mani vedessero, senza esitazione prendeva il volto invisibile, lo teneva un momento, poi tranquillamente le sue dita circondavano il collo senza stringerlo ma si piazzavano là dove sapeva che avrebbe dovuto piazzarle se avesse deciso che il momento era venuto. Le sue mani andavano sulla superficie invisibile di questa pelle, più occupate a riconoscerla che a compiere quello a cui tutto il giorno pensava: uccidere quella che lo stregava, liberarsene, soffocarla in tutte quelle dolcezze informi di cui lei si circondava per riceverlo. Ma ecco che la sentiva gemere, e prendeva coscienza che il suo corpo gemeva anche. Mai una parola. Si prendevano durante la notte, senza dire né vedere, come se il fatto di restare senza parole e senza immagini li facesse restare nei pressi della realtà di quello che compivano ogni notte. Non si addormentava vicino a lei. In nessun momento si lasciava andare dopo l'orgasmo, vinceva il lampo della breve perdita di coscienza con una sorta di astio e la superava subito. Se ne andava prima dell'alba e spariva fino a sera. Sellava il mulo, lo prendeva per la cavezza e dolcemente scendeva il sentiero della spiaggia. Le sue tracce si perdevano verso est, dalla parte del vasto altopiano da dove scorgeva i crateri dei cementifici. Lasciava il mulo, tirava fuori il binocolo del chimico e restava immobile, teso, a seguire da lontano l'avanzare degli uomini sospesi lungo le pareti. Non posso fare questo per colpa di lei, si diceva. E saltava sul mulo che frustava con tutte le sue forze. Domani prendo la corriera, mi faccio assumere. Ma al giungere della sera una forza lo tirava, gli faceva compiere il detestabile tragitto sino alla camera cieca dove si introduceva con una rabbia umiliata.

Davanti a Père sembravano comportarsi come al solito — almeno lo credevano. Evitavano tutto quello che avrebbe potuto manifestare la loro complicità. Tuttavia una sera, senza che nulla lo lasciasse prevedere, Père disse: *Oscenità, fornicazione ripugnante, vivere per vedere questo sotto il mio tetto.* Lo aveva detto senza alzare la testa dal piatto, così semplicemente come se avesse chiesto di preparargli delle provviste per una delle sue abituali uscite in mare. Immediatamente Mère, Soeur, Riky si immobilizzarono, colpiti da queste parole strane. Père continuò a tagliare il suo pane in tante fette come faceva di solito. La lampada appesa sopra la sua testa rischiarava la sua fronte nuda, senza abbronzatura, l'orlo dell'orbita cavernosa, come svuotata del suo occhio, la parte piana di uno degli zigomi invasi dai peli grigi di una barba di più giorni. Posò il coltello e spezzò una fetta di pane. I movimenti ripresero: Mère entrò nella luce e ne uscì. Soeur girò intorno alla tavola e posò vicino a Riky un piatto. Venne contro di lui, e sentì che gli strinse una spalla furtivamente. Père mangiava, un po' curvato sul suo piatto, la massa intera del suo busto inclinata in modo tale che sembrava divorare la propria ombra. E all'improvviso, senza alzarsi, mentre le sue mani continuavano pesanti e tranquille a dividere i cibi e a portarli dalla tavola alla bocca, pronunciò all'interno della propria ombra e senza smettere di masticare: *Oscenità nella mia casa. Per desiderio del Demonio l'oscenità è entrata nella mia casa. Voi avete rotto i chiavistelli della fortezza.* Di nuovo si fece l'immobilità attorno a quell'uomo informe, simile a un pezzo di terra mescolato di rocce frantumate. Ma non sembrava preoccuparsi di loro. Tese la mano, attirò a sé il piatto, lo piantò sotto di sé nell'ombra, si servì e lo gettò di nuovo vuotato a metà. I movimenti intorno a lui ripresero. Mangiò, si servì ancora, mangiò. Ripiegò il coltello dopo averlo come al solito asciugato sui risvolti della manica. Spinse via il piatto vuoto, si alzò pesantemente. Prese il libro rilegato in pelle, tornò al suo posto e lo sfogliò. Disse senza alzare gli occhi, carezzando con la palma della mano una pagina aperta: *Da molto tempo è scritto qui. Io lo so: Fornicazione. Distruzione della fortezza. Assassinio. Io morirò colpito non dalla sorpresa ma dalla esattezza di ciò che è rivelato.* Posò il libro e si alzò. Restò un attimo con le mani poggiate ben di piatto sulla tavola, con la testa abbassata, respirò profondamente, la fronte in avanti, si mise a fare il giro della tavola. Senza fretta si avvicinò a Mère. Avanzava così lento che non sembrava avanzare, e solo le ombre che viravano su di lui mentre si muoveva indicavano che l'uomo passava impercettibilmente attraverso tutte le fasi del suo movimento. La sua faccia entrò a poco a poco nell'ombra. La sua schiena, la sua nuca e la parte superiore della sua testa accaparravano la luce del cerchio di ferro che chiudeva la lampadina elettrica. Mère non indietreggiò. Lo attendeva, esile, diritta, il viso alzato verso di lui. Si sprigionava da lei una tale volontà di combattere, che l'uomo si immobilizzò, indeciso. Riky si era alzato, anche lui. Vedeva la nuca di Père, molto illuminata dalla lampadina elettrica, l'orecchio come imbevuto di sangue, traslucido, percorso da piccole vene più scure, la pinna del naso così trasparente che il naso sembrava sanguinare, Gridò: *Père!* L'uomo massiccio girò un po' la testa. Non guardava più né Mère né Riky. Attendeva, apparentemente diviso tra la presenza di suo figlio dietro e la presenza di questa donna tesa, il viso alzato, gli occhi bene aperti, pieni di odio e di sfida. Tutti e tre se ne stavano fermi intorno alla tavola dove erano in disordine dei resti di cibo. Un po' in disparte, nell'ombra, Soeur li guardava, terrorizzata dalla certezza di veder compiere nei loro gesti, a partire da quella immobilità, ciò che la sua immaginazione febbricitante si costruiva. Un coltello si trovava vicino alla mano di suo fratello... Volle slanciarsi, fece dei movimenti disordinati e si abbandonò al suolo che si mise a battere con i suoi pugni. Piangeva senza lacrime ed emettendo dei piccoli gridi. Riky la prese nelle braccia e la portò fuori.

L'uomo e la donna restarono soli faccia a faccia. Dal cortile pervenivano loro i lamenti di Soeur e la voce calma di Riky. Dei cani abbaiavano lontano. Dalla porta rimasta aperta, colpi di vento del sud penetravano nella sala portandovi l'odore grigio del mare mescolato all'odore pungente e zuccheroso della scuderia vicina. Père si voltò dall'altra parte e disse: *Non c'è testa peggiore che la testa del serpente. Io preferirei abitare con un serpente che con una donna malvagia. Vattene! Esci dalla mia casa! E quello che tu hai pervertito ti segua.* Queste parole erano state pronunciate senza collera, piuttosto con stanchezza, si sarebbe detto che pronunciava parole diverse da quelle. Evitava di guardarla. Lei appoggiò i due pugni chiusi sulla tavola e disse con calma, la bocca un po' storta da una smorfia: — *Tu non sei più nella tua casa. Io ho messo il mio segno sulla tua casa. Ho messo il mio segno su tutto, qui.* Fece qualche rapido gesto nell'aria. *Anche su te ho messo il mio segno, e quello che deve succedere succederà.* Girò lentamente attorno a lui cercando di afferrare il suo sguardo ma lui la evitava, la testa abbassata, come se appoggiasse la fronte contro un'aria solidificata per non cadere. Lei disse: *Io partirò il giorno in cui non resterà che rovina di ciò che ti appartiene. Ma non ho fretta. Colei che tu sei andato a comprare sulle montagne è ostinata, piena di insoddisfazione e di disgusto.* Lei andò verso di lui, viva, esile come una lama: *Io ti sprofonderò nella terra. Io ne ho il potere!*

Cominciò con l'evitare di rimettere piede nella stanza al momento dei pasti. Ma era così forte l'abitudine e così possente la sua impronta che il vuoto si riempiva di lui ed era come se fosse là. Il suo coperto era messo in tavola. Il suo piatto pieno. Ma Riky mangiava solo, ora, servito da Soeur e da Mère che andavano e venivano in silenzio intorno a lui. Lasciavano la parte di Père al suo posto sulla tavola. Al mattino il piatto era vuoto, e alcune briciole di pane mostravano che era venuto la notte a divorare il suo pasto. Poi un giorno scoprirono che il suo letto non era stato toccato da molto tempo. Non se ne erano accorti immediatamente, tanto profonda era la sua impronta su tutte le cose. Le lenze e le reti come anche la lampada a carburo non si trovavano più appese sotto la tettoia, e sullo scaffale, nel posto dove Père lo disponeva di solito, il libro rilegato in pelle mancava. Constatarono tutto ciò ma non fecero commenti. Evitarono di parlare della sua diserzione. Continuarono tutti e tre a vivere come se fosse là, sul punto di apparire a ogni istante. Una notte il piatto di Père restò intatto. In un angolo della stanza, dell'immondizia era stata fatta uscire dal grande sacco di plastica dove si ammucchiava. Mère sorrise con disprezzo, pulì il pavimento e rimise l'immondizia là dove la gettava di solito. L'indomani l'immondizia si trovò di nuovo sparsa, e il piatto di Père, come ogni mattino, intatto sulla tavola. Mère non disse niente ma invece di gettare questa volta il cibo disprezzato da Père, lo posò bene in vista sui rifiuti. Il mattino seguente constatò che era venuto durante la notte e che, proprio lì al suolo, aveva divorato apposta quello che aveva disdegnato il giorno precedente. Andando a dormire quella sera depose il piatto di Père e un pezzetto di pane vicino al sacco dell'immondizia, direttamente per terra. L'indomani il cibo e il pane erano intatti là dove lei li aveva messi. Ecco come Mère cacciò Père dalla sua casa.

Di quello non aveva parlato né a Soeur né a Riky. Ma da Soeur apprese quello che aveva visto il chimico.

Una notte, mentre era andato a fumare una sigaretta vicino alla barca di Père, aveva sentito che qualcuno era là, immobile dietro il piccolo scafo di legno. Alla luce di un fiammifero, aveva scoperto Père compresso, incastrato, sprofondato sotto il banco. In quella posizione scomoda, e alla luce tremante che mandava su di lui il chimico, apparve ancora più formidabile che in piedi. I suoi occhi erano grandi e aperti senza espressione. Si sarebbe detto che si era addormentato senza essersi prima preso la pena di abbassare le palpebre. Spaventato, il chimico era arretrato. Il fiammifero si era spento e lui aveva atteso un attimo nel buio. Poiché non si muoveva niente, ne sfregò un secondo e non seppe resistere, si piegò più avanti nella barca. Impassibile, la guancia sul braccio piegato, Père lo guardava senza stupore né collera. Vicino a lui, il chimico notò uno spesso libro, rilegato con una pelle piena di scalfitture e di cicatrici. Ecco che cosa aveva visto il chimico al secondo fiammifero. Poiché si bruciava le dita, soffiò sulla fiamma e restò senza muoversi, affascinato da questa presenza che insieme lo terrorizzava e l'attirava. Trattenne in sé la visione quasi comica di questa massa compressa nello spazio esiguo che lasciava il banco. Perché l'uomo non era risalito a casa o non era uscito in mare? Il chimico si mosse un po' nell'oscurità, esitando ad allontanarsi. Ci furono dei colpi sordi all'interno della barca. Il chimico ne dedusse che l'uomo si era appena alzato e che la sua testa ora doveva superare l'orlo superiore della barca. Lo seppe dalla voce che gli arrivò senza ostacoli: *Voltati! Tu sei con loro! Io li ho staccati dalla mia carne! Vattene!* Il chimico esitò, arretrò, e finalmente si allontanò senza pronunciare una parola.

Lo so, aveva detto Soeur, *ha scelto di cacciarsi lui stesso dalla sua casa. Viene apposta la notte a mangiare quello che Mère getta sul mucchio di spazzatura. Non è riuscito a schiacciarci e ora vuol farci vergognare. Lui si umilia, e allora Riky impazzisce nel vedere Père diventato il contrario di quello che era. Chimico, tu non puoi immaginare quello che succede lassù dopo che ha lasciato la casa!*

14

La notte, quando se ne andava sulla spiaggia a fumare qualche sigaretta, era lei che attendeva. Ah, la scuderia si è spenta... oh ecco, la camera di Mère si accende... ma lei! Ma lei, che cosa fa? Una sera, Soeur era arrivata un po' ansante per aver disceso di corsa il sentiero: *Chimico, ero sicura che eri qua.* Aveva stretto forte il suo braccio, le sue mani forti l'avevano stretto sino a fargli male: *Chimico, a causa loro divento matta. Lei lo ha cacciato da se stesso, come ha cacciato Père dalla sua casa. Io cerco di parlargli ma lui non mi vede più, è posseduto da lei. Io la detesto! Dammi una sigaretta.* Si mise a fumare veloce, a piccole boccate rapide. La brace sottraeva all'oscurità della notte le labbra dagli orli ben delineati, le pinne del naso, l'arcata sopracciliare di un disegno teso teso, come liberandoli dai difetti della carne. *Andiamo da te*, *chimico*, aveva detto. Erano passati per una piccola porta dietro gli hangar. Appena fu nella camera, si gettò sul letto di ferro ricoperto del copriletto kaki regolamentare: *Chimico, tu mi devi portare con te nella città da dove vieni. Mère è una donna terribile. Metti della musica. Forte! Più forte! Ah, mi piace la musica delle città. Chimico, portami.* Era venuto vicino a lei sul piccolo letto spartano, e le aveva carezzato la guancia con un gesto un po' rigido, poi le aveva passato la mano nei capelli. A lungo avevano ascoltato musica. Il chimico aveva tenuto le sue dita affondate in quella capigliatura selvaggia, senza muoversi, sinché la musica non era finita. (Il tenente gli aveva detto quando era venuto a installarsi in questa camera: *Non abbia paura di niente, vecchio mio, non sono geloso per la ragazza, lei può farne quello che vuole, ce ne resterà sempre abbastanza. È pressappoco sana e soprattutto nessun rischio di mescolare la nostra progenie dopo che il dottore l'ha svuotata...* Il chimico gli aveva voltato la schiena ma il tenente aveva avuto il cattivo gusto di insistere: *Una volta è bastata, e col favore di quella volta il dottore si è aggiustato — certo, silenzio! acqua in bocca! — per eliminare per sempre il rischio di una seconda.*) Il chimico si alzò e andò a girare la cassetta. Lui disse, carezzandole di nuovo i capelli: *Questa musica è più bella della città, trucca il suo rumore, capisci?* Si sentiva stupidamente sentimentale e gli dispiaceva non trovare altre parole, più cattive, più ironiche. Aggiunse: *Che cosa potresti fare in città?* Lei, come se si fosse preparata la risposta da molto tempo, disse: — *Ti servirò, chimico.* Si mise a ridere girando la testa, ma poiché il suo ridere si prolungava, il chimico capì che passava dal riso al pianto o che rideva e piangeva nello stesso tempo. All'improvviso gli gettò le braccia al collo e gli morse la bocca. Disse con una voce smorzata che il pianto aveva reso ancora un po' più aspra: *Più nessuno qui sta con me. Senza di te, chimico, non avrei nessuno, nessuno a cui rivolgermi.* Lei aveva tenuto le braccia su di lui e parlava contro la sua guancia. Lui se ne stava seduto, un po' spaventato da tanto nervosismo e da tanta strana dolcezza. La sua gamba era in una cattiva posizione ma non poteva tirarla in una migliore. Sciancato sull'orlo della branda, quasi seppellito sotto questa ragazza selvatica i cui capelli sciolti mettevano i loro due visi nella stessa penombra, le prometteva ora di portarla, sì, di sottrarla, strapparla al malocchio terribile che Mère aveva gettato sulla casa di Père. E nello stesso tempo era così grande la sua curiosità, così grande il suo desiderio di vedere, di seguire sino in fondo il corso di ciò che il suo scetticismo aveva ripugnanza a nominare, che non gli riusciva di essere del tutto sincero. Al fondo di se stesso, sapeva che non l'avrebbe sottratta né che l'avrebbe portata via ma che sarebbe restato lui, il chimico, per vedere, vedere tutto fino alla fine. E di giorno in giorno aiutò Soeur a sognare, in qualche modo, questa fuga; lo fece con vergogna e disagio. *Chimico, diventerò come tu vorrai quando mi avrai portato. Mi vestirò come le donne si vestono nella città. Taglierò i capelli... — Andiamo, su,* diceva allora il chimico, *perché ti taglierai i capelli? Perché ti vestirai in altre maniere? — Oh, lo so come sono le vostre donne là.* I suoi occhi diventavano larghi e brillanti.

Un giorno che si trovavano dalle parti del piccolo delta le cui acque gialle, gonfiate dalle piogge, impedivano loro di passare a guado, il chimico si era detto: Il momento è venuto. Tu devi parlarle ora. Avevano cavalcato quella mattina fianco a fianco lungo la spiaggia ingombra di legni arenati, lei sulla sua mula, il chimico issato a fatica sul mulo. Lei era venuta, come al solito, tenendo le due cavalcature che aveva attaccato alla palizzata di filo spinato non lontano dalla garitta. Girando intorno agli hangar della Base, aveva bussato alla finestra del chimico. Ogni volta che veniva a sorprenderlo, era afferrato dai rimorsi davanti all'eccessiva allegria della ragazza. Questa allegria divorante si riversava su di lui appena lo scopriva. Forza la sua allegria, si diceva, per mantenermi inchiodato alla mia promessa, perché io non possa dirle quello che lei sa, quello che sospetta, e che si impone di ignorare. Uno vicino all'altra sulle cavalcature, esitavano davanti alla corrente. Guardavano i mulinelli d'acqua gialla. La mula e il mulo, il collo teso, guardavano anch'essi. Il mulo grattava l'orlo dello zoccolo, e la sua pelle ruvida rabbrividiva. Bruscamente il chimico disse la frase che aveva preparato da più giorni e che aveva custodito dentro di sé sino ad allora. Quel momento di esitazione davanti a tutte quelle acque fangose che scorrevano sotto di loro — in modo tale che l'attenzione di Soeur era sviata a ogni momento dai relitti e dai piccoli animali morti che la corrente portava — incoraggiò il chimico. Soeur stava dicendo: *Tutta questa acqua sporca piena di cadaveri e di immondizia discende dalla montagna da cui è venuta Mère*... Lui l'aveva interrotta: — *Io ti voglio bene, lo sai, ma niente è certo... sarà forse più difficile... bisogna attendere la stagione della deposizione delle uova e che la missione abbia terminato*... Fece un gesto vago verso il paesaggio i cui piani disarmonici non formavano né vere colline né vere montagne ma assomigliavano a una vasta banchisa di terra e roccia rovesciate, altopiano contro altopiano. Disse ancora, deviando vigliaccamente da quello che si sforzava di confessarle: *Tratteremo la penisola intera, verseremo su tutto un piccolo composto di prodotti tossici che dovrebbero liberarvi dal flagello. Tra qualche giorno la missione entomologica sarà di ritorno*. Lei si era girata verso di lui: — *Io voglio essere liberata, io!* Voltò lo sguardo sugli orecchi pelosi del suo mulo. Con la muta di primavera, delle chiazze di pelo sparivano, lasciando a tratti la pelle nuda venata di rosa e di blu. Soeur insisteva: *Chimico, rispondimi! Ehi, non mi vuoi rispondere?*

Lei fece avanzare la sua mula ma la corrente era così forte che la bestia arretrò, rifiutandosi. La ragazza saltò nell'acqua e la tirò nel mezzo della corrente. In qualche istante furono portate un po' più in basso sulla riva opposta. Il chimico vide la bestia scrollarsi e d'un balzo la ragazza risalire in sella. Lei gridò qualcosa ma il rumore dell'acqua gli impediva di capire. Passando con la stessa determinazione gli altri bracci del corso d'acqua, si allontanò rapidamente in direzione degli edifici rosa della *pêcherie*. La sera stessa bussò alla finestra del chimico: *Tu hai avuto paura, chimico, spero che ti sia detto, che non sarei più venuta?* Era di nuovo eccessivamente allegra, di una allegria vicina alla collera: *Fai come vuoi, per me non cambia.* Andava per la stanza, prendeva una sigaretta, l'accendeva, si arrestava davanti allo specchio del lavabo. Si guardò. Bruscamente soffiò del fumo sulla superficie dello specchio e gettò la sigaretta: *Chimico, non mi piace quella che vedo là, di', chimico, che cosa pensi di lei?* Scuoteva il chimico prendendolo per il colletto della camicia: *Ah, tu non puoi immaginarti quanto sono infelice! Non lascia più la sua barca, si è sprofondato nella sua barca, e Riky parla di andare a ucciderlo se continua a fare apposta ad annientarsi sul fondo della sua barca. Poco fa, gli ho portato del cibo e gli ho detto: Père, devi smettere. Se non smetti, anch'io ti abbandono. Non si è mosso, mi guardava ma sono sicura che non mi vedeva. Il libro era aperto vicino a lui. Ho posato il cibo e me ne sono scappata piena di vergogna e di disgusto. Mi ripugna, e ho vergogna.* Piangeva, la fronte appoggiata alla spalla del chimico: *Dappertutto intorno alla barca si cammina tra gli escrementi. Ah, non voglio vedere gli escrementi di Père. Dappertutto intorno alla barca! Ah perché la sua vendetta è così terribile? Perché non li colpisce? Perché non li caccia? Perché non ci distrugge tutti?* Si era lasciata scivolare a terra e martellava il suolo con i pugni. Spostando la gamba con difficoltà, il chimico si era accoccolato accanto a lei. Le carezzava i capelli, le spalle, la schiena.

L'indomani mattina lei era di nuovo là. Aveva raspato alla finestra del chimico: *Vieni, chimico, ho portato i muli.* E il chimico, abbandonato sulla dura sella, si era lasciato portare lungo le falesie per interminabili sentieri. Arrivati all'altopiano vulcanico, Soeur aveva lanciato la mula al galoppo. Malgrado la rigidità del chimico lo disequilibrasse, il mulo era partito al seguito della mula. Imbattendosi in una grande faglia che, da sud a nord, taglia in due l'altopiano, Soeur aveva spinto la sua cavalcatura all'estremo limite del vuoto, con la stessa determinazione, lo stesso desiderio di pericolo del giorno prima davanti alle acque gialle del delta. La mula soffiava, si rifiutava di obbedire con gemiti rauchi ma Soeur si era messa a colpirla e a malmenarla ridendo nervosamente. La mula girava la testa, e, nel suo spavento, faceva dei goffi balzi: più volte i suoi zoccoli sfiorarono il vuoto. Il chimico si sforzò per non gridare. Aggrappato alla sua sella, si diceva: Ah! È sicuro, ora lo fa! Ah! ora lo fa. Ma la ragazza era ritornata verso di lui. I suoi vestiti, i suoi capelli si sollevavano attorno a lei; sembrava che non avesse peso. Il sudore laccava il suo viso, le sue braccia, le sue cosce. Lei rideva, ansimando: *Vedi, chimico, è qui che finirà tutto per me.* Una spalla più alta dell'altra, di traverso sulla sella, il chimico manteneva sul suo volto un sorriso di disagio quasi doloroso: *La tua vitalità mi uccide*, aveva detto. Lei aveva spinto la sua mula contro il mulo, e la sua gamba toccava il ginocchio del chimico: — *Tu solo puoi impedire ciò che deve succedere. Questa notte Mère è entrata nella mia camera. Era nervosa. Mi ha detto: Riky è sceso fino alla barca di Père. Io mi sono alzata e volevo correre ma lei mi ha detto: Non temere, il momento non è ancora venuto. Chimico, tu devi fare in modo di parlargli, devi parlargli. Aiutami a strapparlo a lei.*

Erano ripartiti, lasciando la briglia sul collo delle loro cavalcature. Andavano di fianco uno all'altra, la mula e il mulo procedevano di pari passo. Il sole a media altezza nel cielo li colpiva di fronte. A un tratto, Soeur mostrò il suolo sotto gli zoccoli dei muli: *La stagione è venuta, ecco che la nuova generazione comincia a uscire dalla terra. Ah! Detesto questi insetti! Père aveva ragione, è da loro che noi impariamo ad annientarci.* In certi luoghi la polvere vulcanica si sollevava, lasciando apparire delle giovani locuste colore del rame. Fece un gesto circolare verso le spiagge, verso le colline e le montagne nella nebbia: — *Sii paziente, io ti strapperò alle rive morte di questo mare.*

La mula era passata davanti, e il chimico si rivolgeva alla sagoma della ragazza, bene in sella, diritta ed esile di cui vedeva con una certa emozione le scapole muoversi liberamente. Costeggiavano la balza. Lontano in basso si aprivano delle anse simili a quella dove erano scesi la volta della loro prima passeggiata. Il chimico spinse un po' il suo mulo e venne a porsi parallelo alla ragazza. Lei stava tirando fuori un chewing-gum dalla sua carta argentata. L'odore di medicina dello zucchero mentolato dava fastidio al chimico, ma si trattenne dal dirlo. Lei andava sulla mula, il volto testardo, quasi brutto con quella sua pelle butterata sotto la cascata di capelli mai pettinati; e il chimico constatò che proprio di questa quasi bruttezza (che a un semplice spostamento di luce e di umore poteva capovolgersi in reale bellezza) lui si era innamorato. Sino ad allora le sue sofferenze e la sua disgrazia avevano in qualche modo servito da matrici al suo pessimismo ironico. Si era isolato nascondendosi dietro un'ironia così impenetrabile che apparentemente nulla poteva raggiungerlo. Come le sue ossa, il suo carattere si era corazzato. Almeno lo aveva creduto sino al momento dell'incontro con Soeur. Dopo, sentendosi in equilibrio instabile, cercava di scoprire un punto solido intorno al quale radunare quello che gli restava dei mezzi di difesa. Ma come lottare con quella ragazza selvaggia il cui umore e il cui aspetto, anche quello, cambiavano continuamente?

Avevano raggiunto la spiaggia e avanzavano a stento sulla sabbia molle. La ragazza masticava la gomma facendo ogni tanto gonfiare una bolla bianca — cosa che irritava esageratamente il chimico. Disse: *Questi militari sono dei tipi ripugnanti!* Lei si abbandonava al passo della mula, lo sguardo vuoto, masticando, masticando... Lui disse: *Smetti di masticare questa porcheria.* Lei non rispose, lasciandosi scuotere dal passo danzante della mula, diventando ancora più molle e rilassata. Andavano avanti ora tra grandi rocce franate. Il caldo era arrivato di colpo; i muli si erano messi a sudare esalando un odore di scuderia. Disse, strappando un ciuffo di borra sul collo del mulo: *Tuo fratello sembra non occuparsi più delle bestie. È l'epoca della muta, guarda.* La manciata di borra si staccò dalla sua mano e galleggiò un attimo nell'aria dietro di loro. Lei smise di masticare, e voltandosi verso di lui disse: — *Non è più là, è come se fosse partito... Chimico, non posso più vivere lassù.* Lui disse: — *Perché non scende più a trovarmi? Digli che lo voglio vedere.* — *È lei che glielo impedisce.*

Dopo che si è impadronita di lui, teme che qualcosa lo risvegli dal suo incantesimo. Te, lei ti teme. Teme che tu lo risvegli. — *Eh?* fece il chimico ridendo. *Che cosa ha da aver paura?* — *Tu sei il solo qui che non la teme. Tu non credi ai suoi poteri, e questo, questo le mette paura.* — *Ma nient'affatto, nient'affatto. Io voglio credere nei suoi poteri. Voglio vedere sin dove arrivano i suoi poteri.*

Dei tafani si agglutinavano sulle froge dei muli come anche agli angoli umidi dei loro occhi. Il mulo si scrollava, e sempre avanzando cercava di colpirsi il ventre con gli zoccoli posteriori. La mula impaziente danzava senza avanzare senza che Soeur se ne preoccupasse. Il chimico cavalcava così vicino alla ragazza che se si fosse trovato dal lato buono avrebbe potuto toccare la coscia che il vestito rialzato scopriva. Ma c'era tra loro la sua terribile metà morta, l'impossibile barriera di ossa e di muscoli che non obbedivano... e tuttavia quanto dilaniati dal desiderio, come se quei muscoli, quelle ossa, quei nervi senza apparenti impulsi, attraverso la propria immobilità e la propria sofferenza avessero accumulato una prodigiosa carica di immaginazione. Le lasciò prendere un po' di vantaggio e restò di nuovo indietro. La veste le si incollava al corpo; vedeva il suo corpo scosso dal passo vivo della mula, e si sentì pieno di una voglia furiosa di possedere quel corpo, quella salute; la sua parte morta di ossa distrutte aveva bisogno di quella salute; il suo corpo malato era innamorato di quel corpo, di quella salute; la desiderava, là, nel calore, a causa del calore, a causa delle mosche, a causa della repulsione che aveva sempre provato per lo stato di natura. Una spalla più alta dell'altra, l'anca mal posata sulla sella che il suo peso faceva sbandare, si sentiva come se avesse dimenticato il dolore: il suo essere intero se ne stava là, tutto raccolto a immaginare la stessa cosa. Incitò il mulo e tornò a porsi sullo stesso piano parallelo alla ragazza, questa volta dal lato buono, e con la sua mano valida le carezzò la spalla. Disse: *Sai, mi piace molto essere con te.* Non aveva lasciato la sua spalla, sentendo il tiepido di quella pelle nuda sulla quale il sudore aveva disegnato dei piccoli rivoli sinuosi. *Se ci fermassimo un momento all'ombra di questa buona vecchia roccia?* Lasciarono i muli e si stesero sulla sabbia. In gran quantità insetti nati da poco si erano ammassati sulla parete soleggiata della roccia. Se ne stavano immobili, tutti appiattiti nella stessa posa di una curiosa simmetria: tre delle loro sei zampe raccolte in avanti, le tre altre portate indietro. Solo i fili articolati delle loro antenne si spostavano girando come piccoli radar dorati. Disse: *Queste bestiole sono miopi, sembra, non vedono di noi che delle sagome approssimative. Sembra che soltanto per la sensibilità delle loro antenne arrivino a farsi un'idea di quello che noi facciamo, captino in qualche modo i fruscìi dell'aria, qualcosa come il fantasma dei nostri movimenti.* Carezzò il ginocchio della ragazza: *Hai visto? tutte le piccole antenne hanno ansiosamente seguito la mia mano, e tutte queste simpatiche bestiole si sono dette: Ecco, ecco che comincia a divorarla.* Bruscamente lei l'aveva attirato su di sé e l'aveva stretto con tutte le sue forze: — *Smettila di burlarti di me, di te, di tutto, anche di questi orribili insetti! Smettila! Smettila! Ti detesto!*

15

Quando i soldati cominciarono a scaricare il materiale, lei disse, alzando la voce sotto le pale che continuavano a soffiare: *Riky non è venuto? Perché non è qua?* — *È un bel po' di tempo che non lo vedo,* rispose il chimico. Si allontanarono dall'accampamento. Lei disse: — *Lei mi è mancato questo inverno, spesso ho pensato a lei. Tutto mi è stranamente mancato...* Esitò, sembrava che facesse forza su se stessa per proseguire le sue domande: *È stato dunque assunto nei cementifici?* — *No, no,* disse il chimico, *evita semplicemente di scendere sulla spiaggia... O piuttosto lei lo tiene lassù. È prigioniero. Lei lo ha in pugno.* — *Chi? La donna?* — *Sì, le racconterò.* Attorno a loro la sabbia si sollevava, smossa dalla nuova generazione di locuste ambrate. Ne erano uscite dal suolo in tale quantità che la spiaggia diventava cangiante a perdita d'occhio come se dell'oro vivente la ricoprisse. — *Ha visto?*, disse il chimico, indicando la barca posata su degli scali a secco. Un telone di plastica assicurato con delle grosse pietre ne proteggeva la parte anteriore. Lasciarono la battigia e deviarono in direzione della barca. *Si figuri,* disse il chimico, *che da qualche tempo il vecchio vive là dentro. Sembrerebbe deciso a non uscirne più. Ecco come li punisce.* Gridò: *Ehi! sono io, il suo amico!* La testa di Père apparve sopra l'orlo. Poi a stento emerse il suo torso. Disse con voce calma: *Oscenità! Abominevole fornicazione! Non avvicinatevi. Che questa puttana resti distante. Anche lei ha partecipato all'ignobile perversione della carne della mia carne. Statevene distanti dall'uomo distrutto dalla degradazione della carne della sua carne!* E si sprofondò nella sua barca. La donna bionda e il chimico restarono un attimo ad ascoltare i colpi sordi che ne venivano. — *Ecco che si installa di nuovo*, disse il chimico, *comprime come può la sua enorme carcassa sotto il banco e non si muoverà più di qui un momento.* Gridò: *Ehi! Perché ci sfugge, siamo suoi amici!* — *Allontanatevi con quella puttana!* gridò Père senza muoversi.

Il chimico e la donna bionda ripartirono in direzione dell'accampamento sotto la falesia. Alcuni soldati facevano rotolare fusti di veleno che disponevano in ordine un po' da parte insieme a sacchi contrassegnati con delle tacche rosse. *Non capisco*, disse la donna bionda, *dorme nella sua barca?* — *Non ci dorme soltanto*, disse il chimico, *ci vive e passa il suo tempo a maledirli comunicando all'universo che è felice della propria degradazione, che attraverso la propria degradazione li punisce e rende loro la vita impossibile, lassù, in quella che era stata la sua casa. Si è ripiegato là dentro, e sembra godere della propria decadenza. Gli piace esser diventato oggetto di derisione per quella gente miserabile che bazzica ancora il villaggio decimato. Coloro che lo temevano al punto di non osare mai scendere sulla spiaggia, ora ogni sera si avvicinano alla barca e si divertono a gettarvi dei sassi. Lui non si arrabbia. Tira fuori la testa e li incoraggia...* — *Come? Li incoraggia a gettargli dei sassi?* — *Certe sere, sì. Mi piacerebbe capire che cosa succede in lui. Quest'uomo, la sua barca, i sassi, tutto questo mi distrae e mi diverte alla follia. In più, si figuri che sono diventato più o meno l'innamorato della piccola lupa, eh sì, qualcosa come innamorato... Ecco il mio inverno.*

La sera stessa la donna bionda era venuta dal chimico. Aveva fatto i pochi metri che separavano le loro due tende e l'aveva chiamato. Il chimico non dormiva. Lei era entrata, si era seduta sul bordo della branda dove il chimico se ne stava sotto le lenzuola, sprofondato, la guancia posata sul gomito. All'esterno, gli stridori delle locuste si facevano più fitti e più ritmati. Lei accese una sigaretta e si mise a parlare. Disse: *Poco fa sono salita sino alla casa. Bisognava che lo vedessi.* Batté un po' troppo forte la sua sigaretta sull'orlo del portacenere per staccarne la cenere — cosa che irritò il chimico. — *Sì, mi manca. La sua presenza. Quello sguardo su di me, quello sguardo pieno di avidità, ingenuo, indecifrabile, come se desiderasse insieme annientare e carezzare.* Il chimico si era alzato sulla branda. — *Lei ha avuto il coraggio? Così, appena arrivata, lei...* Si era messo a ridere. *Lei è salita per pervertire la carne della carne del vecchio!* Si tolse gli occhiali, li asciugò con il risvolto del lenzuolo e chiese alla giovane entomologa di aprire un piccolo baule dove si trovavano una bottiglia di whisky e due bicchierini in acciaio. Bevvero e accesero delle sigarette. — *E allora*, disse, *suppongo che lei sia stata ricevuta come merita.* Il chimico aveva rimesso gli occhiali e la guardava, appoggiato con il gomito sulla branda, la testa inclinata. — *E perché non avrei dovuto salire? Lei parla come se Riky le appartenesse. Sono entrata nel cortile, la notte scendeva; una luce si era appena accesa nella stanza al pianterreno. Mi sono avvicinata piano e li ho visti tutti e tre sotto la lampada. Era-*

no riuniti, tutti e tre, seduti a tavola. Non parlavano, erano seduti, là, sotto la lampada. La donna metteva del cibo in un cestino. La sua espressione faceva paura... — *Paura? perché?* — *Non so... i suoi occhi... qualcosa negli occhi... Tutti e tre erano strani: la ragazza se ne stava diritta, colavano delle lacrime sulle sue guance, lacrime che lei non si prendeva la pena di asciugare. Quanto a lui, fissava la donna con un'espressione indefinibile...* L'interruppe ridendo: — *Indefinibile? Che cosa intende per indefinibile?* — *Oh la smetta, lei è veramente impossibile!* Prese un blocchetto sul comodino e vi scrisse qualche parola. Disse: — *E allora?* — *Niente. Lei non merita che io mi prenda la pena di raccontarle il seguito.* Senza lasciare la branda, disse: — *Sia gentile, prenda quel bastoncino e dia qualche buon colpo qua e là. Detesto vedere agitare questo soffitto di tela così vicino alla mia testa.* I gridi cessarono dopo che gli insetti furono gettati sulla sabbia. Lei posò il bastoncino e tese il bicchiere di metallo che il chimico riempì di nuovo. Lei disse, rimpicciolendo gli occhi: — *Lo sequestra lassù, io le dico che lo sequestra.* — *Sequestrare, no, diciamo piuttosto che si è impadronita di lui al di là della sua volontà; lei l'ha annientato annientando la volontà del vecchio. E ora che ha messo in moto il processo di distruzione, aspetta, aspetta che le differenti forze che ha messo in campo entrino in tensione... Ah! Ecco una visita!* Una locusta ambrata era scivolata attraverso una fessura. Avanzava con circospezione lungo uno dei montanti cromati che sostenevano il soffitto di tela. La donna bionda voleva afferrarla, ma la locusta girò intorno al montante per nascondersi, appiattendosi più che poteva, e lasciando uscire solo le sue antenne. *Ecco*, disse lei, *le mancano due zampe.* L'aveva presa e l'avvicinava alla lampada. L'insetto scricchiolava tra le sue dita e, benché mutilato, si agitava furiosamente. Lei disse: *Da un anno all'altro queste bestiole sembrano adattarsi sempre meglio alle loro condizioni di vita.* Il chimico si lasciò andare sulla schiena e si tolse gli occhiali. Disse, gli occhi fermi come se si rivolgesse a un interlocutore molto lontano, di là della tela della tenda: — *Eh sì! Non è così anche per noialtri? Noi cominciamo col detestare la felice sorte che ci ha fatto nascere ed ecco che, malgrado tutto, la parte meccanica della nostra persona si lascia prendere dell'ebbrezza di compensare...* Con la mano sinistra sollevò il braccio destro inerte e lo lasciò ricadere: *Si figuri che dopo un po' sono riuscito a riconciliarmi con questa parte fantasma del mio essere... La smetta di ubriacare questo sventurato insetto!* La giovane donna aveva inclinato il suo bicchiere di whisky e faceva bere con cautela la locusta. Lei disse: — *La caratteristica essenziale degli invertebrati è la precisione dei loro meccanismi. In qualunque situazione si pongano, trovano il mezzo di mutare sinché l'ambiente si modifica. Al contrario, la grandezza dell'uomo viene dalle sue folli certezze, da quella volontà che gli fa trasformare l'ambiente per adattarlo ai propri bisogni.* Il chimico aveva riso: — *Lei ha detto la grandezza dell'uomo?* Aveva aperto il suo taccuino: *Come scriverebbe? Con due maiuscole?* — *Che tipo insopportabile! G maiuscola, U maiuscola, sì!* Lo sguardo della donna bionda era brevemente passato sul braccio morto del chimico. Lui l'aveva detestata per quello sguardo nel quale aveva creduto di cogliere qualcosa che gli era sembrato simile alla compassione, sì! quella odiosa compassione che da sempre gli aveva fatto detestare le donne... Tanto che senza che lei se lo aspettasse l'aveva stretta con il suo braccio valido e tenuta bene o male sulla branda il tempo di abbracciarla. Lei si scostò e disse con un'aria di disgusto: *È furbo quello che lei ha appena fatto. Guardi.* Nel loro breve e goffo corpo a corpo, l'insetto si era trovato appiattito tra i loro petti. *Ecco la mia camicia macchiata.* Lei la tolse e rimase con un reggiseno stretto, simile a una corazza di nylon. Finì l'insetto e lo gettò fuori della tenda. Poi prese dell'acqua e inumidì la parte sporcata della camicetta.

Si era di nuovo seduta sul bordo della branda. — *E allora?* disse il chimico. *Le ha parlato?* — *No. Non so neppure se si è reso conto che io era là. Era in uno stato di alterazione, o come qualcuno che vede una cosa terribile che è il solo a vedere. Io ero immobile nella notte, loro erano là nella luce... Ed ecco che lei volta improvvisamente la testa verso la notte, respinge il cestino e viene sino alla porta. Dice: Lei non ha niente da fare qui. E io: Voglio vedere Riky. Non c'è. Non è più qui. E io ancora: Ma lo vedo. E grido il suo nome. Lui non si muove, non si è mosso. È rimasto seduto. Io ho pensato: È stregato. Bisogna tirarlo via di là. Ho detto: Permette che io entri un momento per dirgli che la missione entomologica è di ritorno; che abbiamo bisogno di lui, come al solito. Lei si è irrigidita e ha gridato: Non conti più su di lui! Io ho voluto passare lo stesso. E lei mi ha detto: Vattene. Mi ha toccata e io ho ricevuto una scarica, esattamente come se avessi sfiorato un filo elettrico male isolato.*

Tu devi impedirle di salire, aveva detto Soeur, *devi impedirle di seguire Riky. Mère è furiosa contro di lei, dice che l'annienterà, che ne ha il potere.* Era l'indomani sera, Soeur aveva appena portato il cibo a Père; aveva ancora il cestino vuoto. Il chimico si trovava là dove i soldati avevano depositato i fusti di veleno. Di lontano aveva visto la ragazza scendere il sentiero e correre verso la barca. Dei bambini del villaggio si erano scostati, le loro risate erano arrivate sino a lui. La luce decresceva rapidamente e nell'ultimo raggio di sole vide Soeur staccarsi dalla barca e correre verso l'accampamento della missione entomologica. Chiuse il suo taccuino, lo fece scivolare nella tasca e chiamò la ragazza. Dopo che lei l'ebbe raggiunto in mezzo ai fusti, lo trascinò verso il mare. Era nervosa: *Chimico, è salita ieri sera, ha osato! Ha voluto entrare a forza nella casa, e Mère ha dovuto impedirglielo. Hai delle sigarette con te? Riky mi ha detto di domandartelo.* — *Vieni*, disse il chimico, *andiamo sino alla mia tenda.* — *No, no! non voglio andare dentro la tenda. Ti aspetterò qui.* Il chimico prese alcuni pacchetti di sigarette e li portò a Soeur. Lei si era seduta sul margine della sabbia e gettava dei ciottoli nell'acqua divenuta invisibile. — *Ecco*, disse il chimico, *e digli che avrebbe potuto venire a prenderseli lui stesso.* Lei mise le sigarette nel cestino e si alzò. Indovinava la sua sagoma davanti a lui. I suoi movimenti erano bruschi, sgraziati. Non vedeva l'espressione del suo viso ma lo sapeva sgradevole, sicuramente duro e contratto. Disse: *Che cosa succede?* — *Succede che Père ha smesso di mangiare da tre giorni. Spande il cibo sulla sabbia, e i bambini del villaggio lo raccolgono e lo mangiano. Gli tirano delle pietre e mangiano il suo cibo. Si battono con i cani, sono peggio dei cani. Ah! non sopporto che si lasci umiliare da questa gente del villaggio, dai loro cani e dai loro bambini. Ogni notte, ora, Riky scende. Dice che lo ucciderà, minaccia Père, e Père sta zitto, sprofondato nella sua barca.* Non la vedeva più. Disse: — *Questa notte salirò sino alla tua camera. Che ci raggiunga. Io gli parlerò.* Lei l'aveva preso per le braccia: — *Non venire, assolutamente! Non salire mai più nella casa di*

Mère. — Ma lei non ne saprà niente. — Lei sa tutto. Lo lasciò. Lui fece un passo verso la sua voce e tese la mano per toccare Soeur nella notte. Ma lei non era più là dove si aspettava di trovarla. Fece ancora qualche passo e si arrestò indeciso. Disse: *Avvisa tuo fratello che abbiamo bisogno di lui. Presto cominceremo le polverizzazioni. Gli abitanti del villaggio devono essere messi al corrente di ciò che noi tenteremo. Tuo fratello mi deve accompagnare, mi deve aiutare a spiegare loro come devono fare per evitare di essere colpiti dai gas tossici...* Tacque con la sgradevole impressione che le sue parole non erano state raccolte, che era solo. Un po' più lontano, tutte le tende del campo erano illuminate. Vedeva i profili degli entomologi passare in ombre piatte sugli schermi di tela.

In effetti, disse il capo della missione, *il vostro composto sembra efficace... almeno in laboratorio... ma polverizzato dall'elicottero...* Girò con una lunga pinza gli insetti paralizzati di cui solo le antenne e le mandibole si muovevano ancora vagamente. *Domani*, disse il chimico, *andremo a provare più passaggi a differenti altitudini sull'altopiano, dalla parte dei cementifici. Il periodo degli amori sta per cominciare, è tempo.* Sfogliò il suo taccuino, prese degli appunti, e ritornò a chinarsi sui grandi contenitori di vetro dove giacevano le locuste paralizzate. *Metodo rozzo, senza eleganza! — Che cosa intende?* disse il capo della missione. — *Oh, io speravo in qualcosa di più fine, di più estetico.* Prese un insetto, lo sollevò nella luce potente del riflettore, lo esaminò e lo gettò in mezzo agli altri: *Io detesto la sofferenza. E tuttavia, non ho trovato di meglio che paralizzarle — dunque lunga agonia e morte per inazione. No, speravo in qualcosa di meglio! Ma ci volevano anni di ricerche, e la moltiplicazione di queste affascinanti bestiole non ce ne lascia il tempo. Mi sarebbe piaciuto qualcosa di, diciamo, più artistico, di più complicato che un semplice assassinio in massa. Si ricorda, io avevo sperato di inibire nelle femmine l'espulsione di quella tasca che serve per la maturazione dell'uovo. Fermare in una maniera o nell'altra la riproduzione piuttosto che uccidere.* — *Sa,* disse il capo della missione, *ci sarebbe forse una soluzione più artistica, come dice lei.* Pescò in un contenitore una locusta maschio che fece gridare. *Si figuri che questo segnale d'allarme è provocato da certe cellule specializzate nell'allarme.* Con la sua pinza decapitò l'insetto, mettendo a nudo dei filamenti biancastri. *Durante la stagione degli amori un certo numero di cellule, che si situa qui, raddoppia di volume. Si specializza nell'apprendimento del canto degli amori. Dopo l'unione, queste cellule del canto d'amore riprendono la loro dimensione iniziale e l'insetto dimentica il suo canto. Questa amnesia può durare qualche giorno; può essere definitiva secondo... Supponiamo che per una ragione o l'altra la densità dei maschi si faccia rada, ecco che la nostra locusta riapprende un canto differente dal precedente. Che cosa è successo? Si constata che le cellule responsabili del primo canto si sono atrofizzate e che altre cellule ne hanno preso il posto raddoppiando a loro volta il volume. Basterebbe confondere gli ordini indirizzati a queste cellule per uccidere il canto. Niente più canto, niente più amore!* — *Ah, no,* disse ridendo il chimico, *mai più mi farete partecipare all'estinzione del canto d'amore di questi simpatici insetti. Che cantino e copulino. È meglio morire dopo aver conosciuto il piacere che prima. Venga a prendere un bicchiere nella mia tenda.*

Lasciarono la tenda-laboratorio e si sistemarono nella piccola tenda del chimico. Si servirono del whisky. — *E lei è sicuro che non c'è alcun rischio per la popolazione?* domandò il capo della missione. — *Basta prendere le precauzioni necessarie: non uscire all'aria aperta troppo presto dopo le polverizzazioni. Spiegheremo esattamente quello che devono fare.* Il chimico accese una sigaretta e si appoggiò con il gomito alla sua branda. *Sa, lei mi ha reso felice con questa storia del canto d'amore. Uno ama, dimentica, e ama di nuovo! L'idea che la locusta maschio riprende a cantare e che questo canto sia nuovo quando deve farsi coprire da una nuova femmina, veramente lo trovo molto...* Riempì di nuovo i bicchierini di metallo. — *Semplice riflesso meccanico,* disse il capo della missione entomologica, *depressione postcopulatoria abbastanza classica in certi insetti. Esiste, per esempio, una mosca maschio la cui depressione postcopulatoria si manifesta così nettamente ma sotto una forma diciamo più burlesca della cessazione e della trasformazione del canto. La mosca femmina non accetta il maschio che una sola volta. Finita la copulazione, il maschio resta depresso per un'ora. Vergine, la femmina secerne un potente afrodisiaco che attira il maschio; ma il liquido seminale di lui si trasforma nell'addome della femmina in un antiafrodisiaco proprio per scoraggiarlo dal tentare un nuovo assalto. La sola esposizione del maschio a un estratto di quell'antiafrodisiaco non basta però a provocare in lui una depressione dell'attività sessuale. Bisogna, perché ciò avvenga, che l'antiafrodisiaco sia associato alla visione di un'altra mosca. Aspetti, aspetti, non è tutto: abbiamo visto che la depressione sessuale postcopulatoria del maschio sembra dipendere da un tirocinio che implica la presenza del partner. Ora, si constata che dei mutanti amnesici — stirpe di mosche incapaci di "apprendere" — non presentano questa depressione. Per aver dimenticato che hanno appena finito di far l'amore, i mutanti amnesici non cessano più di farlo.*

L'indomani mattina un elicottero si alzò dalla base in direzione dell'altopiano vulcanico, a est del villaggio. Fece più passaggi a bassa quota, trattando uno spazio che andava dal mare alla grande faglia che taglia l'altopiano da nord a sud. La sera stessa a migliaia gli insetti paralizzati erano sparsi nella polvere. Ecco come, in un primo momento, si credette di aver trovato gli strumenti giusti per farla finita rapidamente con questo flagello. Ma successe qualcosa di inatteso. Al contrario dei risultati ottenuti in laboratorio, questi stessi insetti, in massa, all'aria aperta e nei loro luoghi, si rivelarono quasi indistruttibili. In capo a qualche ora di letargo, si erano messi di nuovo sulle loro zampe, e l'altopiano che si sarebbe creduto cosparso di cadaveri si trovava ricoperto del solito brulichìo color rame.

Il chimico rinforzò le dosi. Si tentarono nuove polverizzazioni. Inutilmente. *In un certo senso non mi dispiace*, disse il chimico, *poiché queste simpatiche bestiole rifiutano di lasciarsi distruggere in massa, non ci resta che la soluzione artistica dell'esasperazione degli amori provocandone l'amnesia... Ignorando di copulare, loro... Ma sì, eccellente idea!... Ah! Ah!*

16

Venne alla fine il momento: Père era uscito dalla sua barca. Con un'andatura vacillante, che rallentava il torpore dei suoi muscoli, si era diretto verso il sentiero. Una grande luna piatta imbiancava il cielo d'estate. Questa luminosità del cielo annullava i rilievi, appiattiva il caos di rocce franate di cui non si vedevano più che le ombre — tutte proiettate dalla medesima parte. L'uomo attraversò la spiaggia, lasciando sulla sua sinistra le tende della missione — una di esse era ancora illuminata — e incominciò la salita. Come se la massa del suo corpo avesse perduto tutto l'equilibrio, si muoveva incerto, inciampando sovente. Si dovette riposare più volte prima di raggiungere la punta dello sperone roccioso. Alla fine rivide la sua casa. Colpita di fronte dalla luna d'estate sembrava produrre più luce di quanta ne ricevesse. L'uomo respirava male; immobile contemplava quella che era stata la sua casa, la casa che aveva costruito lui stesso e dalla quale era stato cacciato. Se ne stava là, in quella luce minerale, spettatore di quella che era stata la sua proprietà, il luogo della sua potenza. Pensò: Eccoti *da lei*, e, rivolgendosi alla facciata imbiancata dallo splendore crudo della notte, disse con voce forte: *Tu hai divorato la mia carne per il disastro della mia casa.* Dalla parte del villaggio, dei cani risposero abbaiando. Attese che tornasse silenzio. Poiché niente si muoveva nella casa, disse, alzando un po' la voce: *Il serpente ha fatto una abominevole oscenità della mia casa. Ma eccomi! Io, venuto per schiacciare il nido dell'abominio, eccomi! Vengo a mettere il fuoco sul letto impuro della cagna!*

Loro, dentro, lo udirono. Alzati nella luce bianca della notte, la donna e il figlio del vecchio tacevano. Mère aveva posato la mano sulla bocca di Riky. La voce di Père perveniva loro netta, senza collera né debolezza. Si sarebbe detto che la voce pronunciava parole che non appartenevano a lui, ma parole che appartenevano a tutti, e che nessuno aveva mai inventato. Riky era appena saltato dal letto ed era avanzato fino alla finestra. Père se ne stava al centro di uno spazio bianco. La luna abbagliante rendeva incerti i contorni del vecchio la cui ombra sembrava colare al suolo come una pozza di sangue nero. Riky arretrò. Lei era là, contro la sua schiena, sentiva i suoi seni, il suo ventre, lei lo aveva raggiunto, gli impediva di arretrare. Lui mormorò: *Non potrò mai.* Le braccia di Mère lo tenevano, lei lo aveva stretto, lui sentiva il calore della pelle di lei contro la sua pelle. Nel cortile, Père era là, verticale, che formava un angolo retto con la propria ombra. La sua ombra era là, netta come una freccia, un segno nero disteso che sembrava andare a incontrare il punto dove Père si era arrestato. In un mormorìo troppo dolce, troppo carezzevole, Mère disse a Riky: *Non temere, non ho ancora deciso il momento. Vieni, rassicurati, non è per questa sera, vieni, vieni su, ti dico.* Nel frattempo Père se ne stava immobile nel cortile. Il viso levato verso il balcone di legno aspettava, insieme umile e furioso, esitando con tutta la massa del suo corpo. Fece qualche passo verso la scala, restò un momento con la fronte appoggiata sulla rampa, poi, voltandosi lentamente, ripartì per il sentiero sino alla sua barca dove riprese penosamente il suo posto.

Per diversi giorni non si mosse più, rifiutando sempre il cibo che Soeur gli portava. Poi una notte riprese il sentiero. Dietro di lui, a una certa distanza, il chimico seguiva quasi strisciando. Come la prima volta, Père si venne a piantare in mezzo al cortile da dove ricominciò a scagliare le sue imprecazioni. Il chimico si era furtivamente appostato dietro una delle colonne che sostenevano la tettoia — là dove già una volta si era nascosto per spiare fratello e sorella. Finalmente, si diceva, finalmente! Voleva vedere, vedere! A lungo il vecchio restò immobile, e vacillante. Una sola parola ritornava ora, la pronunciava senza passione, era piuttosto un grido affaticato, come vuoto di senso: *Abominio!* La scagliava verso la facciata come un grido di ubriacone. I cani del villaggio gli rispondevano con latrati di rabbia, spaventati.

Loro, dentro, sorvegliavano. Nascosti dietro la finestra, non si muovevano. Mère teneva Riky, le sue braccia allacciate intorno al torso sudato dell'adolescente che a tratti cercava di scrollarsi da quella stretta. Avrebbe voluto correre sino a suo padre, cadere davanti a lui, sì, cadere perché Père riprendesse la sua autorità, ridiventasse quello che era stato: l'uomo di pietra, colui che non lasciava scelta, colui che aveva eretto la colonna di pietra nella quale si era rinchiuso. Il lamento mescolato ai latrati dei cani continuava nel cortile: *Abominio! Abominio!* C'era tanta debolezza in quel grido che Riky si liberò dalle braccia di Mère: *Credo che sia il momento.* Volle aprire la porta sul balcone di legno ma la donna glielo impedì: *Aspetta, andrà da solo là dove deve succedere; vieni, vieni ti dico...* E ancora una volta lo trascinò verso il letto.

Quando ritornarono contro la finestra, constatarono che Père non era più là. Uscirono sul balcone. Al villaggio, i cani abbaiavano sempre, e questo dava alla notte la forma di un immenso cerchio bianco riempito d'ombre nere nere. *È ritornato a dormire nella barca*, disse Riky. — *No*, disse Mère, *perché è per questa notte. Ascolta, lo senti?* Dalla scuderia arrivavano loro dei rumori sordi. Ci fu un nitrito, degli urti, un altro nitrito, questo più acuto, pieno di spavento.

Mère disse: *Va'!*

Scese correndo gli scalini di legno e si precipitò nella scuderia. Passando urtò il chimico, senza rendersi conto di far scostare duramente qualcuno... Correva senza guardare, lo spirito posseduto, abolito: *Il momento è venuto, il momento è venuto!* Finalmente, poteva! Entrò nella notte rossa della scuderia.

17

Quando riprese coscienza, Père giaceva nel box della mula. Gli sembrò più spesso più vasto più pesante che in piedi: là, ai suoi piedi, il volto sprofondato sul suolo macchiato. Riky teneva ancora il martello. Uno sgabello rotto stava tra lui e il corpo immenso. La lampadina elettrica all'altezza dei suoi occhi gli impediva di vedere Soeur e Mère, tutte e due vicino a lui, in piedi. Sentiva i gemiti di Soeur e la voce di Mère che recitava una specie di incantesimo nella lingua segreta delle donne della montagna. Sollevò il martello e lo esaminò. Era sporco e arrugginito. Riconobbe il martello che serviva a ferrare i muli. Tutti i muscoli del suo corpo erano doloranti. Disse, voltandosi verso Mère: *Io gliel'ho strappato, picchiava la mula con questo martello.* Lo lasciò cadere sullo strame, e andò con passo rigido sino alla mula che se ne stava in fondo, contro la mangiatoia. Père l'aveva colpita in più punti. Le ferite erano superficiali e sanguinavano poco. Scavalcò il corpo del vecchio e passò nel box del mulo. Lui anche era stato ferito. Lo tirò sotto la lampada e restò un momento con la guancia premuta contro la sua guancia odorosa, pelosa. Si aggrappò al collo del mulo. Le sue gambe erano senza forza. Disse: *Credo di stare per cadere...* Aprì gli occhi e li richiuse. Li riaprì. No! Perché il chimico? Mostrò la porta della scuderia e disse: *Era là. Ha visto.* Si lasciò scivolare a terra ed ebbe una crisi di pianto. Mère lo scuoteva, lo forzava ad alzarsi: — *Chi? Dove?* Lui disse: — *Il chimico. L'ho visto sulla porta. Ho chiuso gli occhi. È sparito.* — *Calmati*, disse Mère. *Nessuno ha visto niente. A parte i muli, nessuno ha visto niente.* Lui disse, di colpo calmato, quasi sereno: — *Io neppure ho visto niente. Io l'ho fatto come era necessario ma non ho visto come l'ho fatto.* — *Sono io che ti ho accecato, perché tu non ti vedessi mentre lo facevi. A parte i muli, Soeur e io, nessuno ti ha visto farlo.* Soeur si rimise a piangere. Se ne stava inginocchiata davanti al vecchio morto. A un tratto il suo pianto cessò: *Là! Là!* Mostrò una locusta che, con movimenti lenti, cauti, si arrampicava sul morto. Mère avanzò, prese la locusta e andò a gettarla fuori. La prese senza disgusto, e la portò mentre gridava e si dibatteva nelle sue mani. Quando ritornò nella scuderia, trascinava una rete da pesca che aveva staccato da sotto la tettoia. Disse: *Aiutatemi a girarlo e ad avvolgerlo là dentro. Sarà più facile tirarlo sino alla falesia.* Era di una calma pericolosa. Fratello e sorella l'aiutarono a voltare il cadavere. Era molto meno pesante di quanto avevano immaginato.

Due pene di morte per un parricidio

(dal nostro inviato speciale *****)

«*È lei e tutte queste luride bestie che hanno ucciso Père*»... Il parricida ha tentato invano di difendersi davanti alla corte d'assise di*** che l'ha condannato a morte con la sua matrigna per il crimine di incesto e di assassinio premeditato del loro rispettivo padre e marito. Complice forzata dell'omicidio, la sorella maggiore del parricida si è vista infliggere dieci anni di reclusione.

Questo caso fuori del comune si è svolto in un villaggio a nord-ovest della città di***, una regione fortemente impregnata di religione ma anche di magia. La vittima viveva là con la seconda moglie e i suoi due figli di primo letto. La sera del 26 luglio, il figlio sorprende il padre nella scuderia e lo colpisce sulla tempia con un martello nell'intenzione di ucciderlo. Ma il vecchio si dibatte, le due donne aiutano a tenerlo fermo mentre il figlio lo accoppa a colpi di sgabello. Trascinano infine il cadavere avvolto in una rete da pesca e lo gettano in un burrone, con un sacchetto di cibo per far credere a un incidente. Questa messa in scena sulle prime ha ingannato gli inquirenti, ma presto un bambino viene a raccontare che ha sorpreso il figlio e la matrigna «*mentre si abbracciavano*» e i colpevoli passano alla confessione.

Strani amanti

Se i fatti sono chiariti, i moventi restano molto più oscuri. Strani amanti del resto, che sembrano soverchiati dall'ampiezza del loro crimine e si testimoniano reciprocamente contro nel corso del processo. La matrigna ritratta e nega tutto in blocco, contro l'evidenza e contro prove schiaccianti. Quanto al figlio, assicura di essere stato «*accecato*» dalla matrigna e arriva sino a proclamare in tribunale: «*Se lei mi chiede di uccidere ancora qualcuno qui, lo farò senza esitare*», suggerendo anche di essere stato vittima di una di quelle misteriose pratiche magiche ancora molto diffuse in quelle regioni periferiche, attraverso le quali le donne si sforzano di asservire la volontà maschile.

Questa casalinga analfabeta alla quale si vorrebbe fare interpretare il triplice ruolo di Giocasta, Clitennestra e Circe, non ha tuttavia niente della ammaliante creatura che si potrebbe immaginare. Ci si stupisce di trovarla gracile e piccola, senza niente di eccezionale per rendere un giovane così pazzo di lei. Un rapporto psichiatrico molto sommario conclude che è pienamente responsabile dei suoi atti. Infanzia normale, almeno in apparenza. Un matrimonio normalmente pattuito secondo le usanze.

Del resto nessuno cerca davvero di comprendere questo crimine straordinario: né i giurati che, come tutti gli abitanti della regione, hanno espresso senza ambiguità la loro riprovazione. Né la stampa che, secondo le sue abitudini, ha seguito scrupolosamente gli argomenti dell'accusa. Anche l'avvocato della matrigna ispiratrice dell'omicidio ha declinato l'incarico qualche giorno prima del processo, con il pretesto che il caso era «*contrario alle mie convinzioni morali*», e quello che è stato incaricato d'ufficio confessa di aver avuto paura alla lettura del dossier. Il procuratore di *** ha riassunto l'opinione generale alla fine della sua requisitoria: «*Questa gente, questi criminali, non devono restare in mezzo a noi*».

Per questa società, tutto sommato abbastanza primitiva, il parricidio è in sé un crimine impensabile. In Occidente è difficile concepire il rispetto quasi paralizzante che circonda qui l'immagine paterna, al punto che ancora oggi la grande maggioranza dei figli non osano fumare in presenza del «*vecchio*», e che in alcune di queste regioni remote, evitano di mostrarsi davanti a lui in compagnia della propria moglie, perché questa sarebbe un'allusione *vergognosa* alla propria sessualità.

C'era doppio incesto

Ma molto più del parricidio, «*è l'incesto che ha motivato la condanna a morte*», afferma un avvocato «*perché è il tabù dei tabù. Un caso simile è come uno specchio offerto al nostro inconscio*». I tribunali di questo paese remoto condannano in effetti molto severamente l'incesto, e la maggior parte della gente si persuade che questo genere di perversione appartenga a un Occidente perduto dal suo ateismo e dalla sua dissolutezza. «*Ciò non succede che agli altri*», questo era il tema, nel marzo scorso, di una tavola rotonda organizzata a*** da alcuni medici di tendenze avanzate, sui disturbi della sessualità, dove l'incesto ha costituito il tema-shock. Allarmati dal numero crescente dei casi censiti nei servizi di ginecologia e di psichiatria, i medici incolpano la povertà che favorisce la promiscuità facendo retrocedere al di là del sopportabile l'età del matrimonio, poiché leggi sociali e religione interdicono ogni uso *illegittimo* della sessualità. I casi più frequenti avvengono tra fratelli, e tra fratelli e sorelle.

Ora, sotto più aspetti, la storia offre delle coincidenze inquietanti con questo quadro clinico. Uno degli avvocati che hanno trattato il caso spiega anche la passività della sorella maggiore, diciotto anni al momento del delitto, attraverso le relazioni complesse e senza dubbio perturbanti che suo fratello aveva avuto con lei. «*C'era un doppio incesto*» afferma «*ma non si è voluto sollevare questo punto delicato durante il processo.*» Il giovane del resto ha voluto uscire dal cerchio infernale: voleva andarsene a lavorare nei cementifici, dove si impiegano la maggior parte degli uomini di questa regione arida e senza risorse, ma suo padre glielo ha impedito senza che se ne comprenda la ragione.

Figlio ribelle all'ordine patriarcale, sposa infedele, sorella dominata dal fratello, i tre assassini non sono forse altro che il frutto mostruoso di una società che esita tra più modelli e subisce l'assalto di una demografia incontrollata. L'esecuzione ha avuto luogo sulla piazza principale della città di***. Quanto alla sorella dell'omicida, si è suicidata nella sua cella chiudendosi la testa in un sacco di plastica.

Finito di stampare nel mese di aprile 1991
dalla RCS Rizzoli Libri S.p.A. - Via A. Scarsellini, 17 - 20161 Milano

Printed in Italy